「さっきまで痛がってたのにもう感じてるのか？　淫乱だな」
「ちがっ…あっ…はぁっ……」

illustration by TOMO KUNISAWA

花《はな》廓《ぐるわ》～凶《きょう》刃《じん》の閨《ねや》～

本庄咲貴
SAKI HONJOH

イラスト
國沢 智
TOMO KUNISAWA

Lovers
GREED

CONTENTS

✦本作品の内容は全てフィクションです。
実在の人物、団体、事件などにはいっさい関係ありません。

小高い丘を埋め尽くすように広がる閑静な住宅街。桜木岳斗《さくらぎたけと》は緩やかな坂を上りながら一人荒い息を吐き出した。両手には容量一杯に膨らんだスーパーの買い物袋が二つ、ズシリと皮膚に食い込んでいる。中身は先程主婦に混じり夕方のタイムサービスで購入した食材だ。

「ジャガイモにタマネギ、大根って、考えたら重いものばかりじゃないか」

自動車販売会社の営業である岳斗にとってはまだ勤務時間中だった。

このまま買い物袋を提げて帰社するわけにはいかず、いったん自宅へ向かっている。

こんな寄り道がバレたら上司に何を言われるか……。

予定していた帰社時間を過ぎているからか、先程から何度か携帯が鳴っていた。

スーツに買い物袋という姿も男として格好がつかないが、可愛い弟の頼みだ。断ることはできなかった。

「最近、屋台の売り上げも厳しいって言ってたしな」

坂の中腹に差しかかり見えてきた古びた門に、岳斗はほっと息をつく。

年代ものの門構えを持つ日本家屋。それが桜木岳斗の家だった。

桜木家は江戸時代から続く雨水会《うすい》という極道一家である。「一本どっこ」と言われるどこにも所属しない独立組織で、分家はない。広域指定暴力団とされてはいるが、暴力沙汰《ざた》でニュースを騒がせることが多い、いわゆる暴力団とは違い、地元に密着した昔ながらの極道だ。住人との争いもあまりなく付き合っている。住民に頼まれて、警察が介入できない争いなどに桜木一家が一肌脱ぐことも少なくはなかった。

だが、暴力団対策の法律ができて以来、極道に対する風当たりが一気に強まった。桜木一家もその影響を受け、収入源であった飲食店などの用心棒代であるシノギは減る一方だ。他の組のような経済ヤクザへの転換は雨水会の体質の古さが仇《あだ》となり完全に乗り遅れてしまっていた。

かつて名を轟《とどろ》かせた勢いは跡形もない。百名近くいた構成員も今では両手で足りるほどだ。同業者の中には雨水会を落ちぶれたと嘲笑《あざわら》う者も多かった。

そのため、岳斗の父・桜木巌《いわお》は岳斗や弟の真冬《まふゆ》に組を継がせようとしなかった。

岳斗は高校卒業後、経験を積んで組を継ぐつもりでいたのだが、巌は首を縦に振らず、「古い極道はもう時代に合わない」と自分の代で雨水会を終わらせることを宣言したのだ。

永久就職先を失った岳斗は、仕方なく大学へ進学した。卒業後、自動車販売会社に就職し、二十五歳の現在もそこで働いている。

七歳年下の弟、真冬も名門大学に入学したばかりだ。

「江戸時代から続いてきた看板を父の代で下ろすのか」

そう思うとやはり寂しい。

何より、今まで巌を慕ってついてきた者たちはどうするのか、岳斗は気になっていた。

「やはり霧島《きりしま》を社長にして会社を作るとかかな……」

巌に直接聞いたわけではない。だが、責任感の強い巌のことだ。組の者の行く末は考えているだろうと岳斗は思っている。

霧島は若頭で、組のナンバー2だ。少々強面《こわもて》だが人柄はよく、面倒見もいい。容貌《ようぼう》も男らしく、岳斗にとっても歳の離れた兄のような存在だった。

霧島なら長い間巌の側《そば》に仕えており、たとえ組の看板を下ろしたとしても、若い衆を上手《うま》く束ねていけるだろう。

ふと岳斗は門の前に駐《と》まる黒塗りの車に気づいた。

「何だ、あの車」

窓を市販車とは別仕様にした、いかにも危険そうな車だ。車の側面には強面の男が二人、雑談しながらも威嚇《いかく》するような緊迫感を漂わせている。雰囲気からしてヤクザであることは間違いないだろう。だが、それがどこの組の者であるかまではわからなかった。

同業者が桜木家を訪ねることなど、ここしばらくなかったことだ。極道の勢力図からもはや外れたに等しい雨水会に一体何者がどのような用件で来たのか……。

男たちの鋭い視線が岳斗に向けられた。その視線は明らかに「見るんじゃねぇ」と脅している。

しかし、岳斗がこの程度の威嚇で動じることはない。男たちを避けて裏口から入るつもりもなかった。何食わぬ顔で車の横を通り過ぎる。

岳斗は身長が百七十センチ弱で細身の体格だ。母親に似て色素が薄く、色白で、髪質も柔らかだった。さらに整った顔立ちをしているためか、軟弱と勘違いされることが多い。

それはあくまで外見だけの話で、岳斗はまさしく極道の家に生まれた男だった。逃げたりビクビクしたりするような性格ではない。

「おい、お前」

威嚇がきかない岳斗を不審に思ったのだろうか、男たちは岳斗を止めようと手を伸ばした。しかしすぐにはっと息を呑《の》み一斉に頭を下げる。

訝《いぶか》しげに男たちが頭を下げた先を見ると、長身の男が玄関から出てきたところだった。隣には岳斗の父親もいる。どうやら彼が客人らしい。

男には随分と存在感があった。百八十センチを超す長身に精悍《せいかん》な顔立ち。目つきは鋭いが男の色香が漂っている。黒髪を撫《な》で上げ、高そうな黒のスーツを軽く着こなす姿は優美で、見る者の目を奪う。一見俳優やモデルのようでもあるが、この男は紛れもないヤクザだ。

岳斗の視線に気づいたのだろう。一瞬目が合った。

客人に、岳斗は挨拶《あいさつ》しようと口を開きかける。しかし男は岳斗など気にすることなく再び巌を振り向いた。

「では、桜木組長。これで失礼します」

「ああ、宜しく頼む」

巌は深々と頭を下げた。

思いがけない父の姿に岳斗は眉《まゆ》を顰《ひそ》める。仮にも雨水会の組長である巌が頭を下げるなど滅多にない。それも明らかに年下であろう者に対してなら尚更だ。

一方、男はそんな巌の姿をどう受け止めたのか、ただ不敵に唇の端を吊《つ》り上げた。そしてすぐさま車に乗り込み、その場を去っていく。岳斗はつられるように、遠ざかる車を目で追った。

一体何者なのか。巌との間にどんな話があったのか。

「タイプなんだよね」

「！」

真横から聞こえた声に岳斗ははっとした。いつの間に家から出てきたのか、弟の真冬が隣に立っている。脅かすなよと喉《のど》まで出かかった岳斗だったが、すぐに真冬の発した言葉を思い出し、顔を強張《こわば》らせた。

「真冬、今何か変な言葉が聞こえたんだけど」

「えっ？　あぁ、うん。タイプだって言ったよ」

「……それってまさか今の男のことか？」

「他に誰《だれ》がいるの。彼、格好いいよね、ちょっと遊び人っぽくてさ。僕も遊んで欲しいなぁ～、なんて」

「遊んで欲しいって。ちょっと待て、真冬。だってあいつ男だぞ!?」

平然と言い放つ真冬に岳斗は一気に青ざめた。

真冬もまた岳斗と同じように母親似だが、岳斗よりも更に小柄で女顔だ。目鼻立ちが整っていて、目も大きく、幼い頃から美少年と言われている。色素の薄い柔らかな髪を肩につきそうなぐらい伸ばしているため、ますます中性的になっていた。近頃《ちかごろ》では男からも言い寄られているらしい。だがそれはあくまでも男が真冬に言い寄っているだけだと思っていたのだが……。

「真冬」

岳斗は慌てて真冬の行く手を遮ろうとするが、一瞬早く躱《かわ》されてしまう。

「買い物ありがとう。僕が台所まで運んであげるよ」

「真冬待ちなさい。どういうことか俺《おれ》に説明を……」

「岳斗」

岳斗は真冬に手を伸ばそうとしたが、石黒の見送りに門まで出て来ていた巌に肩を叩《たた》かれ阻まれた。その間に真冬は家の中に入ってしまう。

逃げるように見えなくなった背中に、岳斗は深く溜息《ためいき》をついた。

巌に言われるまでもなく、うるさくしすぎであることは岳斗自身もよくわかっている。

岳斗たち兄弟に母親はいない。真冬の誕生と引き替えに息を引き取ったのだ。以来、岳斗は母の代わりに真冬の面倒を見てきた。それ故、岳斗はついつい母親のように真冬に構ってしまう。

また、七歳も歳が離れていると男兄弟でも可愛く思え、岳斗の過保護に拍車をかけていた。

「昔は俺の後ばかりついてきてたのにな……」

十八歳にもなるとさすがに鬱陶《うっとう》しいのだろう。それは自分にも覚えのある感情だったが、やはりどこか寂しい。

また深い溜息をついた岳斗に、巌は呆《あき》れ顔で苦笑した。

「ところで岳斗、お前会社は大丈夫なのか？」

「ん？　ああ、これから戻る。六時半から会議あるし」

「それはまた悠長なことだな。もう五時半になるぞ」

「五時半？　マジかよ」

慌てて腕時計を見た岳斗は表情を曇らせた。

ここから会社までは車だと四十五分。電車では一時間近くかかる。普段、車で営業している岳斗だが、今日は納車だったため車はない。追尾車も用事があるからと社へ戻した。

踏んだり蹴《け》ったりだ、と内心思いながら、岳斗は急いで踵《きびす》を返した。しかし背後から再び巌に肩を摑《つか》まれる。

「待ちなさい。私もお前の会社の近くに用がある。近くまで送ってやろう」

岳斗は一瞬言葉に詰まった。

巌は岳斗の仕事に一切口を挟まない。それは徹底しており、岳斗が仕事上のトラブルで困っていても手を貸すことは今までになかった。

もっともそれは岳斗を思ってこそであることは承知している。

岳斗は実家が極道であることを隠して就職した。そのため、桜木家が極道であることが会社に知られると困るのだ。巌はそれを心配しているのだろう。

そんな巌がこのようなことを言うのは非常に珍しい。頼んでいいものかと躊躇《ためら》う反面、やはり嬉《うれ》しかった。

「お願いします」

岳斗は少し照れながら頭を下げた。巌は強面の顔を綻《ほころ》ばせ、用意された車に乗り込む。岳斗も巌の横に腰を下ろした。

車がなめらかに動き出す。運転席には霧島がいた。若頭である彼が運転手を務めるのも珍しい。

ふと先程の派手な男の姿が岳斗の脳裏を過《よぎ》る。

「父さん、さっきの男って何者なんだ?」

「また真冬のことか……」

「いや、真冬とは関係ない。ただ誰かなと思って。何か他の同業者と少し違った感じで、でも随分存在感がある奴だったからさ」

「存在感か。確かにそうだな。だが彼は見かけだけじゃないぞ。名前は石黒龍介《いしぐろりゅうすけ》・三十二歳。藤《ふじ》原《わら》会の組長だ」

「藤原会っていうとウチと同じ独立系の？」

「ああ。最近急激に勢力を伸ばしてきておる。そんな組で彼は一昨年、資金調達に長《た》けたその腕を買われて三十歳の若さで組長になった男だ。度胸もあって、部下にも慕われている。交友関係は少々派手なようだが、あの容姿だ。周りが放っておかないのだろうよ」

「へぇ～。つまりやり手ってわけか。そんな奴がウチに来るなんて何の用だったんだ？」

「ちょっと来てもらったのさ。少し相談事があってな」

「相談？」

巌が誰かに相談するなど、岳斗の知るかぎり初めてだった。だがこれで頭を下げていた理由がわかった。

岳斗は首を傾《かし》げて続く言葉を待ったが巌は何も言わなかった。これ以上は話せない内容らしい。親子といえど、極道である巌に対し、岳斗はあくまでもサラリーマン。カタギの岳斗が口を出せることではないのだろう。それがわかっている岳斗は「そうか」と静かに呟《つぶや》き、話題を変えるため腕時計に目を走らせた。

「もうこんな時間か。ちょっとヤバイな。霧島、悪いけど少し急いでくれ。課長の奴、規則とかに結構うるさくてさ。あっ、でも警官には捕まるなよ。若頭がスピード違反なんて格好悪いぞ」

「岳斗坊ちゃんにはかないませんね」

「あのさ、霧島。その坊ちゃんってのやめろよ。俺、もう二十五だぜ？」

「私にとって坊ちゃんはいつまでも坊ちゃんですよ」

「だから、その坊ちゃんてのは……もういいや、霧島からしたら俺もまだまだガキだもんな」

ムキになって反論するのも子供っぽいな、と岳斗はわざとらしく息を吐き出した。巌は少し呆れ顔ながらも、息子と部下の微笑《ほほえ》ましい会話に口元を弛《ゆる》めている。

極道という言葉とは不似合いな穏やかな光景だ。だが岳斗はこの極道らしからぬ雨水会の空気が気に入っていた。

厳格だが心が広い父親の巌、面倒見のよい兄貴分の霧島、最近反抗期の弟の真冬、そして強面だが心根のいい奴ばかり揃《そろ》った組の男たち。男ばかりでむさ苦しいが岳斗にとっては大切な家族で、居心地のいい場所だった。

居心地がよすぎるから、いまだに一人暮らしができず新しい恋人もできないのかもしれない。

「そういえばご無沙汰だよな」

寂しい性生活を思い浮かべ苦笑を漏らしたその時、急激に体が前方へ引き寄せられ、シートに激突した。霧島が急ブレーキを踏んだのだ。

何が起こったのかと岳斗が顔を上げると、目が眩《くら》むほどの光が視界を覆う。目を細めた時には、既に目の前に猛スピードで突っ込んでくる大型ダンプカーが迫っていて……。

車が急発進した。

「岳斗！」

巌の声と共に体が温かな感触に包まれる。だがその正体を知ることなく、激しい衝撃と同時に岳斗の意識は闇《やみ》に呑み込まれた。

◇◆◇

「……さん……兄さん……兄さん！」

頭上から聞こえる声に岳斗はゆっくり瞼《まぶた》を開いた。そのとたん、目に涙を浮かべた真冬の顔が視界一杯に広がる。

「よかった、気づいたんだね。兄さん」

真冬？

そう呟いたはずの言葉は口元を覆う機械に遮られた。

なぜこんな機械を口につけられているのか。天井も岳斗の見覚えのないものだ。

「ここは病院だよ」

状況が呑み込めない岳斗は口を覆っていた酸素マスクを真冬に外してもらう。

「……病院？」

「兄さんは交通事故に遭ったんだ」

「交通事故って……」

慌てて医者を呼びに行く組の男の声をどこか遠くに聞きながら、岳斗は記憶を遡《さかのぼ》った。

「確か頼まれた買い物を家に届けて社に戻ろうとしたら、父さんが珍しく『乗っていけ』って言って。霧島が運転する車に父さんと乗り込んで、それで……」

ふっと急ブレーキの音が耳に蘇《よみがえ》ってくる。次の瞬間、脳裏を過ったのは猛スピードで突っ込んでくるダンプカーと岳斗を呼ぶ巌の声で……。

「父さんたちは！」

はっとした岳斗はベッドから飛び起きようとした。しかし激しい痛みに襲われ上体を起こしたままその場に蹲《うずくま》る。

「寝てなきゃ駄目だよ！　兄さんは一週間も目が覚めなかったんだから」

「一週間？」

「そうだよ。体は全身打撲だけでどこにも異状はないけど、目が覚めなくて……。兄さんも死んじゃうんじゃないかって僕……」

真冬の言葉は最後まで声にならなかった。その大きな目から涙が零《こぼ》れ落ちる。かなり心配させてしまったようだ。

「悪かったな。心配かけて」

子供のようにぐずり上げる真冬に、岳斗は「泣くなよ」とその頭をそろりと撫でた。しかしすぐに違和感を覚え、手を止める。

「なぁ、真冬。お前、今『兄さんも』って言わなかったか？　俺も死ぬんじゃないかって……」

真冬の顔が強張った。嫌な考えに岳斗の開いた唇が震える。

「なっ、何だよ。急に黙って。言葉の綾《あや》だろ？」

「……」

「じゃあ、父さんたちの怪我《けが》は酷《ひど》いのか？　俺みたいに目が覚めないのか？」

「……」

「どうして黙ったままなんだ」

俯《うつむ》いてしまった真冬の様子に答えを聞くまでもなかった。だが岳斗は信じたくなかったのだ。まさかと思いたかった。

だが、俯いたまま涙を流し続ける真冬が、顔を背ける組の男の態度が、それが事実であることをもの語っていて……。

「死んだ……のか？」

何も言わずただ頷《うなず》いた真冬に、岳斗は全身を硬直させた。見開いた目が乾き、呼吸を忘れた肺が酸素不足を訴える——。

気がつくと岳斗は再びベッドに寝ていた。どうやら気を失ったらしい。

岳斗が意識を取り戻した報告を受けて駆けつけた医師たちに寝かせられたのだと、真冬がベッドの隣で語る。今、部屋には岳斗と真冬、そして組の男が一人いるだけだった。

どのぐらい時間がたったのだろうか。数分しかたってないかもしれないが、岳斗には酷く長く感じられた。

細く息を吐き出した岳斗は天井を見つめたままポツリと呟く。

「二人とも死んだのか？」

真冬から答えはなかった。沈黙が岳斗の言葉を肯定する。

「そうか……」

そう言ってみたものの、実感が湧《わ》かない。意識と体が切り離されているみたいだった。

「兄さんたちの乗る車に突っ込んだダンプカー、居眠り運転だったみたい。霧島は何とか避けようとハンドルを切ったみたいだけど、警察は突然で避けようがなかったんだろうって」

「……」

「しかも避けた方向が悪くて、ダンプカーが霧島と父さんのいたほうの側面に直撃してしまったみたいだよ」

「えっ？」

「だから兄さんは何とか助かったみたい。打撲ですんだのは奇蹟《きせき》だって警察が言ってた」

「側面に直撃って……」

ふっとヘッドライトの記憶が岳斗の脳裏を過る。

あの時確かにダンプカーは真正面にいた。そして霧島が急にハンドルを切ったのも覚えている。普通とっさの場合、運転手は本能的に自分を守ろうと右へ、つまり岳斗が乗った席がダンプと衝突するほうへハンドルを切るのではないだろうか？

だが、霧島は左にハンドルを切った。理由ははっきりしている。岳斗を守るためだ。しかも衝突直前、岳斗は巌の声と共に温かな感触に包まれた。あの時はわからなかったが、今はっきりと悟る。岳斗は巌に抱き締められたのだ。だから岳斗は無事だった。

父親に、いや、二人に守られたからこそ岳斗は今生きている。

「何だよ。二人とも何格好いいことしてるんだよ。でも自分が死んだら意味ないだろ」

三人でいたあの時は、とても穏やかな一時だったのに……。

目に涙が浮かびそうになる。だが、岳斗は涙を堪《こら》えた。泣いている場合ではない。

桜木家は大黒柱を失った。長男として岳斗がしっかりしなくてはいけない。真冬と、そして家族ともいうべき組の者たちを守れるのは岳斗しかいないのだ。

「真冬、葬式はどうした？」

ベッドに寝たまま首だけを横に向けると、真冬は少し言いにくそうに口を開いた。

「もう出した。兄さん、いつ目を覚ますかわからなかったから……」

「悪かったな。大変だっただろ。組の関係者とか」

「大丈夫、みんなや地元の人が手伝ってくれたし、それに極道関係の人はあまり来なかったんだ」

「……そうか」

落ち目の組だからだろう。

「それと、これ昨日兄さんの会社の人が持ってきて……」

真冬は岳斗に数枚の紙の束を差し出した。訝しげに点滴の針がついたままの手を伸ばした岳斗は受け取ったそれに目を通し、言葉を失う。それは辞職を促す手紙とその書類だった。事実上の解雇通知といっても過言ではない。

なぜ、と考えるまでもなかった。

岳斗は父親の車に乗って事故に遭った。おそらく実家の家業を会社に知られたのだろう。家族を二人も亡くした上に職を失うなんて考えたくなかった。できればこのまま勤めたい。実家の家業を理由に解雇するのは不当だが、岳斗も隠していた後ろ暗さがあるため強くは言えない。何より無理に居座ったところで、仕事が上手くいかないのは目に見えていた。

問題は岳斗が失業すると、ただでさえ苦しい家計が更に逼迫《ひっぱく》することだ。

「なぁ、組の奴らは大丈夫か？」

「それが……」

真冬の表情が曇った。当然だ、と岳斗は心の中で呟く。組長と若頭をいっぺんに失ったのだ。今まで二人を慕ってついてきていた男たちが落ち込んでいてもおかしくない。

だが岳斗は真冬の口から出た言葉に表情を険しくする。

「実は父さんたちが亡くなったのを知った他の組が、雨水会のシマを荒らしているらしいんだ」

「何？」

「好き放題にされて、シノギを受け取っていた店もどんどん奪われてるみたい。みんな何とか食い止めようとしてるみたいだけど、まだ父さんたちが死んで間がなくて下手に騒動を大きくできないし、親交があった組も下っ端じゃ会ってももらえないらしくて」

「父さんたちが亡くなったのをいいことに……卑怯《ひきょう》な奴らだ」

そういう世界だとわかっていながらも、湧き上がる悔しさに岳斗は空を睨《にら》んだ。

雨水会の勢力が衰えるにつれ、シマが狙われているということは耳にしていた。

雨水会のシマは小さいながらも良質な店が揃っている。地元に根付いた活動を行ってきた成果もあり、シノギの払いもいい。ただ決して金額が大きいわけではなく、最近では減ってきてもいた。

それでもこのご時世、他の組にとっては魅力的だったのだろう。虎視眈々《こしたんたん》と狙っていたに違いない。そして組長と若頭を失い、事実上統率が取れなくなった今、一気に行動に出た。

このまま手を拱《こまね》いていれば、雨水会はシマを失ってしまうかもしれない。それは雨水会が路頭に迷うことを示していた。

長年巌を支え、そして岳斗にとっても家族同然の男たちだ。放っておくことはできない。

だが、そう意気込んでみても、素人である岳斗に何ができるのか。

喧嘩《けんか》をふっかければ、それこそ組を潰《つぶ》してしまいかねない。たとえ岳斗が組を継ぐと言ったところで、状況は変わらないだろう。岳斗は桜木の長男であってもこれまでただのサラリーマンだったのだ。

カタギでいたことが酷く後悔される。

だが今は悔やんでいる時ではない。組を守るため最善の策を早急に考えなければならなかった。まずはシマで起こっている混乱を収め、そして組の男たちの生活を守る。そのためには誰かの力を借りるしかないだろう。

しかし闇雲に声をかけるわけにはいかなかった。岳斗は敵味方を判断できる情報を持っていないのだ。しかも抗争を起こさず、血を流さずに事態を収拾させるには、それなりの地位、もしくは実力のある者でないとならない。更には大黒柱を失った岳斗たちの話を聞いてくれる付き合いがあるとなると……。

その時、岳斗の脳裏に一人の男が浮かび上がった。

「雨水会のシマを荒らしている組の中に藤原会は入ってるか？」

「藤原会？」

首を傾げた真冬は確認するため、後ろにいた組の青年に視線を走らせた。青年は首を横に振る。

岳斗は心を決めた。

「真冬、いつ退院できるか聞いてきてくれないか？」

「兄さん？」

「長引きそうだったら、短くしてもらってくれ。異状がないなら明日退院したい」

「ちょっと待ってよ、そんなの無理だよ。どうしてそんな急に」

真冬は慌てていた。無理もない、今まで目が覚めるかわからない状態だったのだ。

だが、岳斗も譲れなかった。

「藤原会の組長と話がしたい。それもできるだけ早くな」

「藤原会の組長って、兄さん、知ってるの？」

「ああ。いや、正確には顔は見たことがある。お前も知ってるぞ。事故に遭う前、家を訪ねてきたあいつだ」

「あの人が……」

「石黒龍介。随分やり手だと聞いてるし、何より、父さんが相談を持ちかけていたぐらいの人だ、もしかしたら俺たちの力になってくれるかもしれない」

いや、そう信じたい。

心の中で呟きながら、岳斗は強く言いきった。岳斗には石黒しか思い当たる人物がいない。

真冬も何か思うところがあるのか、腕を組んで考え込んでいる。

やがて顔を上げた真冬は岳斗に向かって頷いた。

「わかった。先生に交渉してきてあげる」

「そうか」

「ただし藤原会には僕もついていくよ」

ほっとしたのも束《つか》の間、岳斗は眉間に皺《しわ》を寄せた。

今回の交渉は簡単なものではない。頭を下げるのは当然、危ない目に遭う可能性もある。

岳斗と違い、幼い頃から組に関わる意思はなく極道界に無縁のような生活だった真冬を、そんな場所に同行させるわけにはいかなかった。

そのぐらい真冬もわかっているはずなのに。タイプだなどと以前は言っていたが、この状況下で真冬がそのような不謹慎なことを考えるとも思えなかった。

「駄目だ。遊びに行くわけじゃないんだぞ」

考えたあげく、岳斗は言いきった。しかし真冬は納得しない。

「わかってるよ、そんなこと」

「だったらどうして」

「わかってるから行くんじゃない。兄さんは病み上がりだろ。それに僕だって何か手伝いたいんだ」

真冬からは強い意志が感じられた。

『岳斗』

父の声と共に肩に置かれた手の感触が蘇る。石黒が訪れた時に聞いた、少し呆れたような、だが温かみのある声だ。真冬も大人になったんだから、そう言われているのかもしれない。

岳斗は深く息を吐き出した。

「わかった。ただし、藤原会では絶対俺の言うことを聞くこと。いいな」

「もちろんだよ」

にっこりと真冬は満足そうに笑みを浮かべる。嬉しそうな真冬の様子に不安を覚える岳斗だったが、無理矢理気持ちを切り替えた。

藤原会の石黒龍介。どんな男かは少しだけ聞いた。だが実際話したわけではない。素人同然の岳斗の話に応じてくれる勝算もない。

しかし現状に留まるわけにはいかなかった。

「成功するように祈っててくれよ。父さん」

天井を見つめたまま、岳斗は掌を握り締めた。

◇◆◇

二日後、岳斗は真冬と雨水会で舎弟頭《しゃていがしら》だった水嶋《みずしま》の三人で藤原会を訪れた。

組事務所といっても藤原会は雨水会のように看板を掲げているわけではなく、登記上は普通の会社だ。室内も応接室も小綺麗《こぎれい》で感じよく、一見極道の会社とは思えない。ただそこにいる人物の雰囲気でカタギの会社ではないと察せられるが。巌が亡くなる前に相談を受けていたためか、石黒は岳斗の突然の来訪依頼を意外なほどすんなり了承した。

そして今、岳斗と石黒はソファーに座り、ローテーブルを挟んで顔をつきあわせている。

初めて姿を見た時も存在感のある男だと思ったが、やはり組事務所という場所柄もあるのだろう、岳斗は以前以上の威圧感を石黒に覚えた。石黒が座るソファーの後ろに立つ、側近と舎弟と思しき数人の男の存在もまた、それを煽《あお》っている。

隣に座る真冬やソファーの背の後ろで立つ水嶋も同じようだ。仕草がぎこちなく緊張を隠せていない。

雨水会の、家族の今後がかかっている。縮こまっているわけにはいかなかった。

「初めまして、桜木岳斗です。本日は時間を作っていただきありがとうございました」

岳斗は怯《ひる》みそうになる自分を叱咤《しった》しながら、凜《りん》とした声で軽く頭を下げた。極道を前にした素人とは思えないその態度に一瞬意外そうな顔をした石黒だったが、「気にするな」と短く返し、取り出した煙草《たばこ》に火をつける。

吐き出された白い煙の向こうから、石黒は岳斗と、そして真冬までもを興味深げに見つめた。

「どこかで見た顔だと思えば一度会ったな。お前が桜木の長男だったのか」

「はい。あの時はご挨拶できずにすみませんでした」

「まぁ、お互い様だ。それより桜木組長の事故は災難だったな。しかも俺と話したすぐ後のことだと聞いて驚いていたところだ。確かお前も同乗してたと聞いたが、体はもういいのか？」

「ええ。父たちと違って俺は軽い怪我だけだったんで。ただ意識が戻らなくて、長男なのに喪主も務められず情けないです」

「なるほど。それでそこのお前が代理で喪主だったわけか」

「はっ、はい」

突然石黒に声をかけられた真冬は声を震わせ俯いた。失礼にあたると思い直したのか、すぐに顔を上げたが、緊張が顔に出ている。

無理もないだろう、と岳斗は真冬を心配げに見つめた。

真冬はとても気が強く、時には岳斗を焦らせるほど大胆なことも言う。だが、幼い頃から組を継ぐつもりで、優等生とはいえない素行だった岳斗と違い、真冬は昔から品行方正なただの学生だ。雨水会の男以外のヤクザと接することも滅多にない。そんな真冬に石黒の威圧感は恐怖を与えるに違いなかった。

大丈夫だ。俺がいる。

そう元気づけるように、岳斗は真冬の背中をそっと軽く撫でた。仲むつまじい様子を石黒はただ黙って見ている。

「それで、俺に話したいこととは？」

長い足を組み直した石黒に、岳斗は改めて表情を引き締めた。これからが岳斗の勝負の時だ。

「実は今日は石黒さんにお願いがあってきました」

「ほぉ、俺に頼みね」

「はい。突然で失礼は承知です。父の組を……雨水会を石黒組長の傘下に入れていただけないでしょうか？」

単刀直入に切り出し頭を下げた岳斗に、それまで静まり返っていた部屋がざわついた。素人の若造が何を言い出すのか、と嘲笑う言葉が多く聞こえる。

しかし石黒は顔色一つ変えなかった。岳斗の訪問の目的を予想していたような顔だ。

岳斗は周囲の声は気にせず、石黒を一心に見つめ返す。

「今回のことで雨水会は組長である父と若頭の霧島を一度に失いました。本来なら桜木の長男である俺が跡を継ぐべきでしょうが、俺は極道の世界は素人です。それに今の雨水会は他の組にシマを荒らされるような有り様です。この状態で素人の俺が跡を取ったところで状況がよくなるとは思えません。むしろ悪くなって組を潰すのがオチです。そうなれば父を慕ってついてきてくれた者たちは路頭に迷ってしまいます」

「なるほど、それで俺の傘下に入りたいってわけか」

「はい。俺は奴らに惨めな思いはさせたくないんです。素人ですけど、桜木家の長男として奴らの面倒を見る責任もあります」

「随分ご立派な責任感だな。まぁ、気持ちはわかるが。だがそれならなぜもっと大きな組に頼まない。大きな会派に入ればそれだけ収入も安定する可能性が高いぞ」

「そう……なんですか？」

「ああ」

紫煙を吐きながら頷いた石黒に岳斗は黙り込んだ。

収入が安定する。それは岳斗にとっては魅力的な条件だ。しかし鋭い石黒の視線を感じてすぐにその考えを否定した。

石黒は本当のことを言っているのかもしれない。だが同時に岳斗の反応を見ていると気づいたのだ。ここで迷えば断られるだろう。

もちろんそうなったとしても、石黒の言う大きな組に話を持ちかけることもできるかもしれない。だが同じように話を聞いてもらえるとは限らなかった。何より、岳斗には石黒に任せたい理由があるのだ。

「俺はただのサラリーマンなのでわかりませんが、石黒組長がそうと言うならそうなんでしょう。でも、俺は家族同然の奴らを任せるなら石黒組長にお願いしたいんです。事故に遭う前、父から石黒組長に相談を持ちかけたと聞きました。あの父が誰かを頼るなんて今まで聞いたことがありません。それだけ父は石黒組長を信頼していたのだと思います。そんなあなたにあいつらを任せることを父も望んでいると思いますから」

「……」

「勝手なことを言っているのは百も承知です。ただ、せめてこちらの覚悟を見てはいただけないでしょうか？　水嶋あれを」

頷いた水嶋が、持っていた布袋から日本刀を取り出した。

一瞬部屋に緊張が走る。しかし攻撃の意思がないとわかると石黒の舎弟はすぐに警戒を解いた。

岳斗は水嶋から受け取った日本刀を石黒の前のローテーブルに置く。

「これは桜木家に伝わる刀です。先祖がさる武家から貰《もら》った品で、雨水会の頭が代々受け継いできました。これを石黒組長に」

「つまり雨水会の全権限を俺に渡す担保ってことか……。俺も知らない間に随分見込まれたもんだな」

呆れ口調で呟き、石黒は日本刀を手にした。そして、鞘《さや》を少しだけ抜く。

「ふ～ん、まぁ悪い品ではなさそうだ」

少しだけ覗《のぞ》いた刃《やいば》を見分していた石黒が、不意に真冬を盗み見た。じっとりと見定めるような視線だ。気づいた岳斗は一瞬妙な胸騒ぎを覚えるが、聞こえた石黒の返事に意識を引き戻される。

「わかった、引き受けよう。雨水会のことは桜木組長にも頼まれていたしな」

「あっ、ありがとうございます」

やはり父が見込んで相談していた人だけはある。

そう岳斗はほっと胸を撫で下ろした。そして同じく安堵《あんど》の表情を浮かべる真冬と水嶋と視線を交わす。しかし、石黒は「だが」と続けた。

「一つ条件がある」

「条件……ですか」

それは予想していた言葉だった。

ほっとした表情から一転、岳斗は緊張した面持ちで石黒に頷き返す。すると、石黒は持っていた日本刀を一気に鞘から引き抜いた。その刃先を岳斗ではなく、真冬に向ける。

「俺のシマにある遊郭でこいつが働くこと」

「えっ、遊郭って……」

岳斗は刃先を向けられ青くなる真冬を気にしながら、戸惑い気味に石黒を見つめ返した。

「何言ってるんですか。遊郭ってそんな戦前じゃあるまいし」

「確かに昔のような地区としての遊郭はないが、売春宿として今も存在するぞ。もっとも表の商売じゃないがな」

「それなら尚更です。真冬は学生なんですよ。水商売の黒服で働かせることなんてできません。そもそも今回のことは真冬には関係ないんです。働くなら俺が」

「おいおい、何か勘違いしてないか？」

「えっ？　どういう……」

「誰が黒服で働けと言った？」

「でも今働けと」

戸惑う岳斗に、石黒はククッと意地悪い笑い声を漏らす。

向けられたままだった日本刀の刃先が真冬の体を撫でるように動く。

「遊郭で働くと言ったら、男娼《だんしょう》としてに決まってるだろうが。男の客の相手をして体で金を稼げと言ったんだ」

「体って」

思いがけない要求に岳斗は一瞬言葉を失った。

「そ…んな……」

必死に絞り出す声は驚愕《きょうがく》に震えてしまう。

「なっ、何言ってるんですか。真冬は男ですよ」

「それがどうした。今時同性愛は珍しくないだろ。特に美少年は客受けがいいからな。お前の弟は客をたらし込んで相当稼ぐぞ」

「たらし込むって、弟を侮辱するのはやめてください！」

岳斗は湧き上がってきた怒りを抑えきれず、勢いよく立ち上がった。

部屋が一気に張りつめる。喧嘩を売るのかと、石黒の舎弟たちが岳斗を警戒したのだ。石黒の目も険しくなる。

岳斗はすぐに後悔した。頼みに来た立場で苛立《いらだ》つなんて悪い結果にしか繋《つな》がらない。条件を出されるのは予想していたことではないか。何より日本刀はまだ隣の真冬に向けられたままだ。真冬は青くなって固まっている。

無理もない。日本刀の刃を向けられた上に男娼になれと言われ、ショックを受けたのだろう。まさか断っても切られることはないだろうが、脅されているのと同じだった。しかし、岳斗もこればかりは了承することはできなかった。

「無理です。真冬にそんなことはさせられません。男に抱かれるなんて……。さっきも言ったように真冬は今回の件には関係ないんです。何か他の条件にしてください。それだったらどんなことでも」

「なら、おうちに帰るんだな」

冷たい石黒のセリフに岳斗は言葉に詰まった。

石黒は日本刀を鞘に戻すと、それをぞんざいにテーブルの上に投げる。

「こちらの条件が呑めないなら話は終わりだ。確かに俺は桜木組長から組を頼むと言われた。だが、引き受けたわけじゃない。いいか、お前らの組はなぜ落ちぶれた。時代の流れについていけなかったからだろうが。株取引も外国語もパソコンすらまともに扱えるかどうかわからない奴らが俺の組で役に立つと思うか？」

「それは……」

「こっちはお荷物を引き受けるんだ。それ相応の対価を貰うのが当然だろう。組の者が稼げないならこいつに稼いでもらう。それが嫌だと言うならさっさと帰れ。いいかリーマン。この世界は慈善事業を行うほど甘くないんだ」

呆れ顔で言い放たれ、岳斗はとうとう口を噤《つぐ》んだ。腹立たしいがもっともな言葉に言い返せない。

父が相談を持ちかけた人物だから、と心のどこかで「話のわかる人」と決めつけていたのかもしれない。いや、石黒の言うとおり考えが甘かった。

等価交換はセールスの世界でも求められる。岳斗自身、車を買うから自社の商品を買えと言われたり、時には客や女を紹介しろという要求もあった。それが裏世界なら尚のことだろう。

しかも石黒の言ったことは当たっている。雨水会の面々は時代から取り残された年輩者が多く、若者に至っても学が低い。そんな男たちでは、この藤原会に限らずどこも受け入れに難色を示すに違いなかった。少なくとも石黒組長はそんな奴らを引き受けてもいいと言っている。

だが提示された条件は呑めない。男が金で男に抱かれるなんて屈辱的なことだ。そんな惨めな思いを真冬にさせられない。真冬に体を売らせるぐらいならいっそのこと……。

「わかりました。僕」

思い詰めたような真冬の声に岳斗ははっとした。慌てて真冬の言葉を遮る。

「駄目だ、真冬」

「兄さん。気にしなくていいよ。僕平気だから。だってそうしたらみんな助かるんだし」

「駄目だ。お前にそんなことはさせられない」

「いいよ。別に男に抱かれるぐらい」

「駄目だと言ってるんだ」

有無を言わさぬ岳斗の態度が気に障ったのか、真冬は不服そうな顔をして黙った。しかしそれでも岳斗は兄として了承することはできなかった。

「お前が働く必要はない。俺がやる」

「え？」

戸惑う真冬を無視して、岳斗は石黒に向き直った。

「俺が真冬の代わりに働きます」

「お前が？」

石黒が鼻で笑った。

「あいにくそこは若いのがいるってのが売りだ。男娼は全員が十代だが、お前、歳は？」

「二十……五です」

「無理だな」

お前では売り物にならない、そう言われたのだ。

真冬に比べて自分が見劣りするのは岳斗自身わかっている。男に抱かれたいとも思わなかった。

だが、ここで引き下がるわけにはいかなかった。

岳斗は膝《ひざ》の上に置いた手をぎゅっと握りしめた。そして意を決して、ソファーから降りて床に土下座する。

「俺に働かせてください」

突然のことに藤原会の男たちだけでなく、真冬と水嶋も驚いていた。

「兄さん、何してるの。恥ずかしいからやめなよ。僕がやるからいいって」

「……」

「兄さん！」

真冬は慌てて声をかけたが、岳斗は頭を上げなかった。床に額を擦《こす》りつけ石黒の返事を待つ。

石黒はそんな岳斗を興味深げに見下ろしていた。それも一興だとでも考えているのか。

やがて石黒は日本刀の鞘で岳斗の頬《ほほ》を叩いた。そして顔を上げた岳斗の顎《あご》を鞘の先で持ち上げる。

「まぁ、綺麗な顔ではあるからな。いいだろう。お前で許してやる」

岳斗はほっと胸を撫で下ろした。これで最低限の役目は果たせそうだ。

しかし真冬は気に入らなさそうに眉を寄せる。

心配してくれているのだと思った岳斗は、真冬を安心させるように微笑んだ。

「大丈夫だ。これでも極道の家に生まれた男だぞ。このぐらいのこと、どうってことないよ」

「それは僕も同じなんだけど」

「そうだけど、真冬には今までどおり普通の生活を送って欲しいからさ。それを父さんや母さんも願ってると思うし。だからお前はしっかり勉強しろ」

「……本当、わかってないよね」

俯いてぼそりと呟かれた言葉は、床から立ち上がっていた岳斗には聞こえなかった。

岳斗は真冬の不機嫌さに気づくことなく、己の心の中に残る躊躇いを振りきるように石黒に向き直る。

「じゃあ、連れて行ってください。遊郭とやらに」

売られる者らしくない岳斗の態度に、石黒はおもしろくなりそうだと不敵な笑みを浮かべた。

◇◆◇

岳斗が働くことになった遊郭『蘭華楼《らんかろう》』は、大使館や億ションが集まる都心の一等地にあった。

周囲を白い塀とうっそうと茂る高い木に囲まれた日本家屋だ。広い敷地には手入れの行き届いた日本庭園があり、立派な門構えや木造二階建ての外観など、個人の豪邸かまたは和風旅館のようにも見える。

しかし玄関の更に奥、豪華な衝立《ついたて》に隠されるようにある重厚な扉の向こう側は、まさに遊郭だった。

建物の真ん中を南北に貫く長い檜《ひのき》の廊下の左右には、朱色の格子で仕切られた牢《ろう》があり、板の間になったその中では三、四人の男娼が客を待っている。

男娼はみんな十代の見目麗《みめうるわ》しい少年ばかりだ。赤い長襦袢《ながじゅばん》を着せられたその姿は中性的かつ妖《よう》艶《えん》だった。場所柄、外国人をターゲットにした演出なのかもしれない。

客は中央の廊下からそれぞれの牢の中を覗き、男娼を選ぶ。男娼は客に選ばれようと、下着もつけていないにもかかわらず大胆に足を開き、直《じか》に触られることも厭《いと》わなかった。そして客を釣り上げた男娼が、牢の奥にある個々の部屋に客を招き入れるという仕組みだ。

ひととおり店のシステムを説明された岳斗も、与えられた緋《ひ》襦袢に着替え客待ちをしていた。着替えといってもただ緋襦袢を着ただけではない。風呂に入れられ、体の隅々、尻《しり》の孔《あな》の中まで洗い子の手で洗い尽くされたのだ。そして、仕上げに尻の中にキューブ状の潤滑油を詰められる。客にすぐに抱かれてもいいようにらしい。

しかし、牢に入って既に六時間。まだ一人として岳斗を買う客は現れていない。

この遊郭の責任者の引田《ひきた》という女装の男は、今日入った『初物』として岳斗を客に紹介していた。『初物』という言葉に興味を抱く客は多々いたが、みんな、岳斗の歳を聞くなり一笑に付し他の男娼を選ぶのだ。

岳斗は石黒が「無理だ」と断言した理由を痛いほど感じていた。

だからといって、他の男娼たちのように自らを売り込んで客を誘うほど、岳斗は羞恥心《しゅうちしん》を捨てきれていない。だが、今更逃げ出すことができないのもわかっていて……。

体に入れられ既に溶け始めた潤滑油の気持ち悪さが、岳斗を更に惨めにしていく。

その時、不意に男娼たちがざわめいた。これまでと違い、みんなどこか弾んだ声だ。

金持ちの客でも来たのだろうと興味も湧かなかった岳斗だったが、聞こえてきた覚えのある声にはっとする。立ち上がり他の男娼と同じく格子《こうし》へ近寄ると、石黒の姿が認められた。

ここに来てずっと緊張していたのだろう。見知った者の顔に思わず安堵《あんど》の息が漏れる。石黒は岳斗を遊郭まで連れてきたものの、引田に引き渡しただけで組に戻っていたのだ。

自分が引き入れた岳斗が気になって様子を見に来たのだろうか?

岳斗はしかし、すぐに違うと悟る。石黒は男娼たちに呼び止められてはその体に触り、時にはキスをしていた。その様子は今夜の相手を選んでいるという感じだ。

もっとも、岳斗の様子を見るついでに遊びに来たということも考えられるが、どちらが目的かなど岳斗にはわからない。

いずれにしろ、男娼たちの親しげな態度からして、度々訪れているのは確かだった。人気もあるらしい。

それに場所のせいだろうか。事務所で会った時のような威圧感を覚えない。

岳斗の姿が目に入ったのだろう。岳斗がいる牢を指さした石黒が、引田と近寄ってきた。

石黒は岳斗と視線が合うなり、ククッと失笑する。

「ここにいるということはまだ売れてないのか」

やはり無理だっただろ？

そう言われている気がして、岳斗は頬が熱くなるのを感じた。

言い返したいが、事実なだけに何も言えない。岳斗に客をつけようとしていた引田は苛立ちを募らせていたのか、石黒の腕に己のそれを絡ませながら深い溜息を漏らす。

「そうなのよ。普通は『初物』って言えばたいていの客は飛びつくものなのにね。さっぱりよ、さっぱり。やっぱり二十五でしかも元リーマンなんて無理なのよ、組長さん」

二十五だって、と男娼の驚きと嘲《あざけ》りが混じった囁《ささや》きが岳斗の耳に届いた。

ここにいる者は何らかの理由で売られた者がほとんどらしい。みんな身の上は同じだが、客を奪い合うライバルでもある。それ故、新しく入ってきた岳斗を気にしていたのだろう。そして、二十五と聞いてほっとしたに違いない。

「だから私は嫌だってあんなに言ったのよ」

「まぁ、そう言うな。こっちにも事情ってものがあるんだ」

「わかってるわ。組長さんの頼みだもの。何とかしたいと思ってるんだけど、こんなに色気がないんじゃやねぇ……。客も誘えないし困ったものだわ」

「確かに色気はないいな」

躊躇《ちゅうちょ》なく頷いた石黒の声に、男娼の間からも嘲笑《ちょうしょう》が漏れた。

自分に色気がないことは岳斗自身も承知している。むしろ男に色気があってどうする、とさえ思うぐらいだ。だが、馬鹿にされ愛想笑いできるほどプライドは低くない。

言い返すのも大人げなく、岳斗は唇を嚙《か》んで耐えた。そんな岳斗を見ていた石黒が急に唇に弧を描く。何かを思いついた、そんな顔だ。

「おい、桜木の息子」

「はい」

「お前ここで足を広げてマスってみろ」

この男は何を言っているのか、岳斗の頭がその言葉を理解するのを拒否する。ようやく出た声は戸惑いに掠《かす》れてしまう。

「マス……って」

「マスターベーションしろって言ってるんだ。そのぐらい、いつもやってるだろ。それを今ここでやればいいだけだ」

冗談じゃない。

しかし、ここは遊郭だ。恥ずかしいとかみんなが見ているとか、これまでの常識は通用しない。男同士でキスし、体を触り、見せつけ、セックスする。そんな場所なのだ。そしてここへ望んで来たのは他でもない岳斗自身だった。

「では、俺は中で見学させてもらうか」

石黒が岳斗のいる牢の中を指さした。

牢と牢の間には中央の廊下から続く細い通路があり、鍵《かぎ》付きの柵《さく》を黒服に開けてもらい、客は通路に入る。買われた男娼は牢から通路に下りて、客と共に衝立を越えて奥の部屋へ行く。客が牢に入ることはめったにない。

「あら、だったら奥の部屋でやらせたほうがよかったんじゃない？」

「いや、ここがいいんだ。ここでやらせれば躾《しつけ》になるし、客への見せ物にもなる。それで客の目に留まれば万々歳だ」

「相変わらず抜け目がないわね」

「まぁ、一度この中に入ってみたかったってのが一番だがな」

ククッと喉の奥を震わせながら黒服に鍵を開けさせた石黒は、牢に入って腰を下ろした。そのとたん、岳斗と同じ牢にいた男娼三人が我先にと石黒に絡みつく。

「相変わらず可愛いな、お前たちは」

しなだれかかる男娼の肩を抱く石黒の姿に、岳斗はやはり違和感を覚えた。桜木家を訪れた時や組事務所で感じた圧倒的な存在感がないのだ。今の石黒はまさに遊び人そのもので、別人としか思えない。

何なんだ、こいつは。

そう訝る岳斗の前で男娼たちは「組長だったら僕が」と猫撫で声を出しながら石黒に甘えている。そんな男娼に満足そうな石黒も、男娼たちも、岳斗には滑稽《こっけい》でならなかった。

いや、ここでは立ち尽くしたまま何もできない己が一番滑稽なのかもしれない。

腹を括《くく》った岳斗は、弁柄《べんがら》格子にもたれ、床に腰を下ろそうとした。

その時、石黒と男娼の間にある黒い棒に気づき表情を曇らせる。見覚えのあるそれは、岳斗が石黒に託した日本刀だ。

なぜこんなところに持ってきているのか？

無造作に放置されたその扱いは、肌身離さず持っているという感じではない。

男娼の一人が刀に気づいた。躊躇なく刀を手にする男娼を石黒は咎《とが》めなかった。

「何、これ？」

「刀だ。貰いものだがな」

「うわ。時代劇で出てくるやつじゃん」

「おいおい、手を切るなよ」

三人の男娼は石黒を真ん中にし、日本刀をオモチャのように抜き差ししている。その乱雑な扱いに岳斗は眉間の皺を深くした。

あれは雨水会に代々伝わる刀だ。組長が持つべき誇りなのだ。それをあんなオモチャのように扱うなんて気に入らない。今すぐ取り返したかった。

だが、それを咎める権利が岳斗にはない。あの刀も雨水会も、もはや岳斗がどうこう言えるものではなかった。石黒のものを石黒がどう扱おうと何も言えない。何も言えないが、不快さは拭うことができなくて……。

石黒龍介を信用してよかったのだろうか？　そう不安になる。

「おい、どうした。やるのか、やらないのか」

からかうような声に、岳斗は石黒を睨み返し日本刀へ視線を移した。

岳斗の視線の意味を察したのだろう。石黒も日本刀を一瞥《いちべつ》する。しかし男娼たちから日本刀を取り返そうとはしなかった。ただ不敵な笑みを浮かべただけだ。

やはりこの男を信用したのは間違いだったのかもしれない。

「何をぐずぐずしてるのよ。お客様のご命令よ。さっさとしなさい」

引田の苛ついた声を頬に受け、岳斗は渋々床に腰を下ろした。そして足を開き、萎《な》えたままでいる己の肉棒に指を絡ませる。

躊躇いも羞恥も押し殺した。

「っ……」

緊張に冷たくなった指に触れられた肉棒はビクつき少しだけ硬くなる。岳斗はみんなの視線を感じて震えそうになる指を叱咤しながら、ゆるゆると動かし始めた。

「んっ……………」

ゾクンッと快感が湧き上がってくる。緊張のためか、なかなか興奮しないペニスも次第に鎌首《かまくび》を擡《もた》げ、先端に蜜を滲《にじ》ませた。

息が乱れ、漏れる吐息が熱を持つ。

早くイッて楽になってしまおうと、岳斗は動かす指を荒々しく速めようとした。だが、石黒の溜息に遮られる。

「もういい、見るだけ無駄だ。色気の欠片《かけら》もない」

「っ……」

こんな恥ずかしい思いをさせておいて言ってくれる。

岳斗はむっとせずにはいられなかった。

「そんな…こと言われても困るんですけど。やれって言ったのはそっちだろ」

息を整えながら吐き捨てると、石黒は男娼の腰を撫でながら鼻で笑った。

「ああ、だがそうガシガシ股間を擦られるだけじゃなぁ。勃《た》つものも勃たないだろ。俺はもっとやり方を考えろと言ってるんだ」

「やり方?」

「ああ、男を感じさせるマスターベーションだ」

そんなのわかるわけないだろ、と、岳斗は心の中で吐き捨てた。

自慰を誰かに見せるのすら初めてなのだ。感じさせるなんて無理に決まっている。何より、岳斗には男の自慰を見て感じる奴の気持ちなど理解できない。

だがそれを言うことは許されないだろう。男を感じさせられなければここでは稼げない。

八方塞《ふさ》がりの状況に岳斗は深く嘆息した。

ＡＶのようにでもやればいいのか？　そう思いながら改めて股間に手を伸ばそうとした時、石黒の隣にいた男娼が突然彼の体を跨《また》いだ。

「もういいじゃん。あんなの放っておいて」

男娼は妖艶な顔で微笑み、石黒に体を擦りつける。

「俺、待ちくたびれちゃったぁ。組長さんは俺が感じさせてあげるから……ね？」

猫撫で声で囁く男娼は石黒が返事もしないのに、彼のズボンをくつろげた。そして取り出したペニスを軽く扱《しご》き、勃起《ぼっき》するのを待てないように自分の尻の穴に押し当てる。

「あっ、あぁぁぁんっ！」

男娼の艶《つや》やかな嬌声《きょうせい》が廊下まで響き渡った。男娼は躊躇いなく腰を落とし、石黒の肉棒を自ら咥《くわ》え込む。

「あっ……いいっ……いいよ……すごく……大きい……」

周囲に見せつけるかのように襦袢の裾《すそ》をまくり上げ、ゆるゆると腰を動かす男娼に、岳斗は言葉も出ない。

その光景はＡＶそのままだ。男娼は嫌々ではなく、気持ちよさそうに喘《あえ》いでいる。その証拠に男娼のペニスは既に勃起し、先端から蜜を流していた。

「大きくて……気持ちいいよ……僕の中……いっぱい……ぁっ……」

「俺も気持ちいいぜ。男娼はこうでなくっちゃな」

「もっと……欲しい……よぉ……もっと……ぐちゃぐちゃ……に……壊してください……」

誰に強要されるでもなく恥ずかしい言葉を並べ、男娼は更によがり続ける。

そんな男娼に対し、石黒は特に乱れた様子はない。男娼を押し倒そうとする素振りもなく、好きにさせているだけだ。だが楽しんでいるのはその満足げな表情でわかる。

石黒と目が合った。

「おい、やってやれ」

それは岳斗に向けられた言葉ではなかった。一瞬訝しげにした岳斗だが、突然頬を撫でた感触にはっとする。もう一人の男娼が岳斗に触れてきたのだ。その指は股間《こかん》へと伸ばされ、中途半端に勃起した岳斗のペニスに絡みつく。

「なっ」

何をするんだ、という言葉は声にならなかった。男娼は躊躇いなく岳斗の股間に顔を埋め、ふるりと震えたペニスに食らいつく。

ピチャと水音が耳に届いた。男娼のやけに赤い唇が、舌が、岳斗を愛撫し始めて……。

「やっ、やめろ」

ぞわりと悪寒が走った。

岳斗は我慢できず男娼を引き離そうとしたが、その手は別の男娼に摑まれてしまう。見かけは中性的でもやはり男だ。簡単には振り払えない。その間にも岳斗の肉棒は硬さを増し、男娼を楽しませてしまう。

男娼の愛撫《あいぶ》は理性では逆らえないほど手慣れていて濃厚だった。クスクスと笑いながら岳斗のペニスを貪《むさぼ》り、岳斗は否応なしに追い詰められていく。

ここは遊郭だ。客を楽しませるために、男娼同士のプレイもあるのだろう。

逆らうことはできないとわかっている。わかっているが、真冬とさほど歳の違わない少年に弄《いじ》られる不道徳さがどうしても耐えられなくて……。

「やめろ……やめるんだ」

「どうして？　だってお兄さんの大きくなってきたよ？」

「いいから……もう放……せ…」

「感じちゃってるくせに。ほら、白いのが出てきた。駄目だよ。お兄さん。素直にならなくちゃ。素直になって『ください』って言うんだよ。『お尻に入れてください』ってね」

「くっ！」

細い男娼の指が岳斗の尻の窄《すぼ》まりに押し入ってきた。潤滑油《いんわい》で既に潤っていたそこは指で搔《か》き回されるたび、クチュ、クチュ、と恥ずかしい音を立て淫猥さを増す。

「う……あぁっ……」

一本、また一本と挿入されては、抜き差しされ、岳斗は気持ち悪さに震えた。いや、体は濃厚な愛撫に感じている。弄られ続ける股間はすっかり勃起して、蜜を垂らし始めていた。

だが気持ち悪くて仕方がない。何より、若い少年の指に感じて勃起している己の体がおぞましかった。

もうこれ以上は我慢できない。

「やめろ……やめろと言ってるだろ！」

岳斗は湧き上がる嫌悪そのままに、股間を弄る男娼を蹴り飛ばした。

突然のことに部屋中が静まり返る。岳斗に蹴り飛ばされた男娼は目を丸くして尻餅《しりもち》をついていた。どうして岳斗が怒ったのかわからないという顔だ。

まだあどけなさが残る表情に、岳斗は急に申しわけなくなる。

男娼が悪いのではない。ここではそれが当たり前なのだ。客がすべてで、あらゆる性的サービスを施さなくてはいけない。そのために彼らは否応なく淫《みだ》らさを身につけていく。

そしてそれは岳斗の将来の姿でもあった。ここで働くのなら、そうならざるを得ないのだ。それを彼らは岳斗に示しただけなのに。

長年普通の男として暮らしてきた感覚は、そう簡単に捨てきれなくて……。

その時、ククッと忍び笑う声が聞こえた。自分の上で嬌声を上げる男娼を片手間に相手にしつつ、傍観者を決め込んでいた石黒の声だ。

その声は次第に大きくなり、やがて部屋中に響き渡る。

「まさか男娼を蹴り退《の》けるとはな」

喉の奥を震わせながら、石黒は腰の上の男娼を退かせ立ち上がった。

「ノンケの男でもこいつらにかかればほとんどが落ちるっていうのに蹴り倒すなんて、お前は相当強情だな。だがそのわりに体はしっかり反応してやがる」

目の前で立ち止まった石黒の視線に気づき、岳斗は開いたままだった足をさっと閉じた。

「おいおい、男娼が恥じらってどうするんだ？」

「！」

はっとした。もっともな指摘に何も言えず、岳斗は唇を噛んで大きく足を開く。

少し驚いた顔をした石黒だったが、すぐに楽しげに口元を弛めた。そして床に膝をつき岳斗に覆い被さる。

「やっぱりおもしろいな、お前。男娼を蹴り退けるほど嫌がったり、股間を見られて恥じらったかと思えば堂々と足を開く。頭では自分が男娼だってわかってるってことか。だが理性がそれに従わない。でも体は感じてしまう」

「……」

「ククッ、いいぜ、決めた。今日は俺が買ってやる。お前の一番目の客だ」

「っ！」

両足を大きく広げたまま突然腰を引き寄せられ岳斗は、大きくバランスを崩した。背中から床に倒れた岳斗に、石黒が乗りかかってくる。

ツンと温かい感触が岳斗の尻の窄まりに触れた。

それが何であるかなど考えるまでもなくて……。

「ひぃっ」

雄々しい石黒の肉棒が岳斗の尻の蕾《つぼみ》へ押し入ってきた。

「っ……ぃっ……ぁっ………」

痛くて、苦しくて、悲鳴が声にならない。体が引き裂かれそうだ。

「やっ……めっ……」

岳斗は全身を強張らせ、必死に石黒を押し返そうとした。しかし石黒は抜くどころか止まろうとさえしない。支えがいらないほど猛った肉棒で、遠慮なく岳斗の蕾を押し開く。

「くっ……やっぱりバージンは違うな。しかもこいつは相当きついぜ。おい締めすぎだ。弛めろよ。これじゃ俺が動けないだろうが」

「……無理…だっ……」

一言返すのがやっとだった。

初めて男を受け入れたのだ。しかもそこは先程弄られていたとはいえ、本来男を受け入れる場所ではない。こんなに無理矢理入れられては力を抜くことなんてできるはずがなかった。

しかし……、と岳斗は思い直す。

こうなることは承知していた。そしてそれを選んだのも岳斗自身。おそらくこれからは男に抱かれることなど毎日だろう。いや、そうでなければここに来た意味がない。男に抱かれ慣れなければ存在意義がないのだ。

岳斗は痛みを紛らわそうと、萎えてしまった己の肉棒に自ら指を這《は》わせた。

「んっ」

ゾクンと微《かす》かに湧き上がってきた快感に誘われるように息を吐き出し、ぎこちなく体から力を抜く。それを見計らった石黒が一気に奥を突いた。

「ひっ！」

「やればできるじゃないか」

体を突き上げる感触に岳斗はたまらず喉を鳴らした。

痛くてたまらない。恐怖すら感じてしまう。

それでも岳斗は必死に快感を追おうとした。そんな岳斗などお構いなしに、石黒はクチュ、クチュと卑猥な音を立てて己の肉棒を出し入れし始める。

「あんなにきつかったのにもう慣れようとしてやがる。しかも食いついて放そうとしない。こいつはなかなかいい体だ」

「はっ……んっ……ぁっ……ぁっ……」

「だが、男を喜ばせるには、まだまだ躾が必要なようだな」

「ひゃぁっ！」

奥まった壁を擦り上げられた瞬間、岳斗は思わず嬌声を上げた。一瞬何が起こったのかわからず呆然《ぼうぜん》とする岳斗を嘲笑うように、石黒は探り出した性感帯を執拗《しつよう》に弄り始める。

「あっ、あっ、いやっ、あぁぁぁっ！」

体中をゾクゾクと駆け抜ける快感に、岳斗は全身を震わせた。

石黒はしたり顔で口元に笑みを浮かべる。そして、岳斗の腰を引き寄せて更に深くまで繋がると、一気に律動を速めた。

「どうした、さっきまで痛がってたのにもう感じてるのか？　淫乱だな」

「ちがっ……あっ…はぁっ……」

「いや、違わないな。見てみろ、自分の腹を。何だ、その勃起したマラは。気持ちいいんだろ？　男が欲しくてたまらないんだろう」

「はぁっ、あっ、あっ、あっ、あぁぁぁっ！」

激しく揺さぶられて、岳斗はもう否定しているのか喘いでいるのか自分でもわからなかった。

淫乱なんかではない。だが、男を抱き慣れているらしい石黒は的確に岳斗の性感帯を突いてくる。突いて、弄って、嬲《なぶ》り続ける。その愛撫は執拗で、男から与えられる快感を知らない岳斗の体が逆らえるはずもなかった。

痛みがないわけではなかったが、快感がより岳斗を支配していた。

「ふっ……あっ……あぁっ……」

痛みを抑えるために摑んだ肉棒も岳斗の手の中で反り返り、先端の窪《くぼ》みから淫液を漏らし続けている。ポタポタと落ちて腹を汚すそれは次第に量を増していって……。

もうイキそうだ。

「んっ」

岳斗は湧き上がる絶頂感に四肢を緊張させた。

しかし石黒は己の肉棒を引き抜いてしまう。

「なん…で……」

いつの間にか抱いていた期待をはぐらかされ、岳斗は呆然と石黒を見上げたが、石黒は意地悪く唇を一舐《な》めするだけだ。そして岳斗の腕を摑み、強引に引き寄せたその体を弁柄格子に押しつける。

「くっ」

絶頂寸前の体は立つことすらままならず、岳斗は膝立ちした姿で格子に縋《すが》り付いた。

石黒が背後から覆い被さる。

「誰がイッていいと言ったんだ？　ただ気持ちよくなってイッたんじゃ躾にならないだろ？

ん？　引田。こいつの手を格子に縛り付けろ。それからコックリングだ」

柔らかな声色から一転、恐ろしいセリフを吐きながら廊下にいる引田を呼び寄せる石黒に岳斗は体を強張らせた。

「コック…リング……って……」

呟く声が震える。何をされるか想像がつく。だからこそ、それがもたらす苦痛に恐怖が隠せないのだ。

岳斗はとっさに股間を守ろうとした。だが、手は既に格子に縛られている。そんな岳斗の様子をほくそ笑みながら、石黒は小さなゴム材の輪っかを受け取り、岳斗の股間に指を伸ばした。

「そう怖がるな。たいしたものじゃないだろ、こんなの。ただ絶対にイケないだけなんだから」

「っ！」

収縮のきくゴムがやんわりと岳斗のペニスに嚙みついた。それはきつすぎず緩くなく岳斗を締め付ける。だが絶頂寸前だった岳斗には拷問《ごうもん》に繋がるものでしかない。

「じゃあ。もう一度楽しませてもらうか」

「なっ、駄目だ。そんなの……あぁぁぁぁっ！」

焦る岳斗なんてまるで無視で、石黒は猛った肉棒で一気に潤んだ蕾を貫いた。

すぐさま射精感が岳斗を襲ったがコックリングが邪魔してイケない。迸《ほとばし》る快感に岳斗は格子を握り締めて身悶《みもだ》える。

ククッと石黒が楽しげに声を揺らした。

「どうだ。コックリングの味は。なかなかのもんだろ」

「はぁっ……ぁっ……くるっ……しい……」

「そうか、気に入ったか。ならもっと楽しませてやるぜ」

「ちがっ、待ってくれ、そんなにしたら、あっ、あぁぁぁっ！」

容赦ない律動に岳斗は悶えるしかできなかった。

何度も何度も、抜け落ちるギリギリまで引き抜かれては、一気に最奥を突き上げられる。

「あっ……あっ……はぁっ……ぁっ……」

熱くて、苦しくて、たまらない。

止まることのない快感に足はみっともないほど震え、意識が朦朧《もうろう》としてきた。格子に縋り付いているため廊下に飛び出している岳斗の肉棒は、何度も射精に失敗し異様に膨らんでいる。ポタリ、ポタリ、と先端の窪みから滴る涎《よだれ》は床に淫らな染みを作り続けた。

「もっ……もう……」

イキたい。

そう呟きそうになった時、岳斗は目の前に人がいることに気づいた。客が立ち止まって岳斗を見ていた。五十代ぐらいの身なりのよい男だった。眼鏡をかけたその姿は勤勉なエリートに見えるが、レンズの向こうにある目は冷たい。

ほぉ、と客から感嘆の溜息が漏れた。

興味を持たれた？

初めての反応に朦朧としながらもそう思った次の瞬間、岳斗は全身を硬直させる。客が岳斗の股間を乱暴に摑んだのだ。

「これはなかなかの見せ物だな」

「やめっ、触るな」

岳斗の抵抗に石黒が楽しそうに「おい」と呟く。

「触ってください、だろ」

「あぁぁあっ！」

石黒にグリグリと硬くなった肉棒の先端で柔らかい壁を擦られ、岳斗は仰《の》け反《ぞ》った。

小刻みに痙攣《けいれん》しながら目を潤ませる岳斗に、客は鼻息を荒くする。しかも石黒の容赦ない律動に煽られるように、岳斗のペニスを荒々しく揉《も》み扱き始めた。

「これはこれは。随分と手荒い躾を受けているようだね。可哀想にこんなに膨らませて」

「いやっ、やめっ、ひぃ！　あ……ぁあっ……」

潰れるぐらいの勢いで握られ、先端の窪みに指先が食い込む。男の扱いは石黒と変わらず非道だった。

「はぁっ……はぁっ……はぁっ……」

こんなの痛くて耐えられない。

ただでさえ我慢の限界を超えていた岳斗は、次第に声すら出せなくなって……。

「お客さん、こっちもどうです。いい締まりですよ」

石黒は己を入れたまま低俗な客引きみたいな口調で客に声をかけると、赤く潤む岳斗の蕾を撫でてみせた。客は格子に張り付きながら興味深げに見ていたが、不意にその視線を後ろに向ける。

「まぁ、悪くはないが、僕はもう少し年下が好みでね。遠慮しとこう」

さんざん弄《もてあそ》んだにもかかわらず、客は先程岳斗に蹴られた男娼を指さし、部屋の奥へと入っていった。

石黒はさして残念でもなさそうに「だとよ」と呟く。しかしその言葉は岳斗には届かなかった。岳斗は体中をガクガク震わせ、ただしきりに荒い息を繰り返す。もう目の焦点も合っていない。

「はぁっ……はぁっ……はぁっ……」

「そろそろ限界か。残念だな」

返事を期待するわけでもなく呟いた石黒は、岳斗からコックリングを取り去った。そして一気に激しく貫く。

「あっ、あっ、あぁぁ――――っ！」

朦朧とした意識の中、岳斗は白濁を迸らせた。石黒も岳斗の中で己を解放したが、岳斗はそれに気づくことなく意識を手放す。

石黒はズルズルと崩れ落ちる岳斗に手を差し伸べることはしなかった。剝《む》き出しの股間もそのままに、少し乱れた前髪をかき上げ浅く息を吐き出す。

「とうとうイカせろとは言わなかったか」

桜木岳斗……しばらく楽しめそうだ。

淡々とした声色とは裏腹に石黒の目に興味が見え隠れしていたことを、岳斗は知るよしもなかった。

◇◆◇

「はぁっ……はぁっ……んっ……あっ……」

明かりが少し落とされた部屋の中。畳に敷かれた布団の上に全裸で四つん這いになった岳斗は突き上げるような快感にシーツを強く握りしめた。

ポタリ……と額に滲み出た汗が玉となって流れ落ち、シーツに染みを作る。

「客」に買われて既に一時間。岳斗は快感に喘がされ続けていた。

尻の孔には男性器を象《かたど》ったバイブが深々と差し込まれ、抜け落ちないよう腰や足の付け根に回されたバンドで固定されている。そのバンドは岳斗の肉棒にも絡みつきやんわりと射精を妨げていた。

それはイケないほどの強さではない。だが、欲望を解放するためには自らの手で導く必要があって……。

「ひっ……あっ……あぁっ！」

バイブの先端で前立腺《ぜんりつせん》を弄られ、岳斗は煽られるまま股間に手を伸ばした。

硬く膨れた感触に触れた瞬間、理性が指をとどめる。しかしそれは長くは続かない。襲い来る快感の波に逆らうことはできず、岳斗は唇を噛んで己の欲望を扱く。

「んっ、はっ、あっ、あぁ――――――っ！」

ほどなくして熱い飛沫《しぶき》が手の中に広がった。

もう何度目の射精になるだろう。度重なる射精に蜜はすっかり色を失い、量も乏しい。限界に近い体は悲鳴を上げ、気を抜けば意識を失ってしまいそうだった。

だがまだ終わりではない。終わりたくても終われない。

尻にはバイブと共に大量の媚薬《びやく》が潤滑油として注ぎ込まれていた。強力で持続性のあるそれに冒された体は、岳斗が何度イッても治まることはない。むしろイケばイクほど尻が疼《うず》く。バイブなんかではなく、男の熱い杭《くい》を打ち込まれたいとさえ思えてくる。

そして「客」はその時を待って岳斗を抱く。

それは今日に限ってのことではなかった。

この十日間、岳斗は同じ客に買われ続けている。といっても他の男娼のように選ばれて買われているのではない。いつも売れ残ってしまう岳斗を石黒が客として引き取っているのだ。

そのたびに、石黒は調教と称し岳斗を快感で喘がせ、長時間放置する。その間石黒は別の男娼を侍らせ、岳斗の痴態を肴《さかな》に酒を呷《あお》っていた。今も、ダークな色味の着物を纏《まと》った石黒は畳に片膝を立てて座り、男娼にしなだれかかられている。普段は着物を着ても見えない刺青《いれずみ》が微かに覗いていた。

二人が何を話しているのか岳斗には聞こえなかったが、どうでもよかった。

石黒がかなりの好色だということは否応なく思い知った。来る者拒まず、去る者追わず。しかも漏れ聞いた話では男女を問わないらしい。この部屋で石黒が側に置く男娼の顔ぶれも常に違う。節操がないその振る舞いに呆れないと言ったら嘘《うそ》になる。だが、岳斗は石黒に何も言う気はない。サラリーマンで雨水会の組長の息子だった頃とは違うのだ。岳斗は男娼で、石黒はその客。客がどんな性癖をしていようと、岳斗は己の体を使って楽しませるだけだった。

もっとも、この執拗な調教だけはどうにかして欲しいものだが。

「んっ」

再び湧き上がってきた熱に、岳斗は額に汗を滲ませた。

望まぬ快感は苦痛でしかない。もういい加減にしてくれと泣き言を漏らしたくなる。

しかしどんなに嫌でも、媚薬に侵食され尽くした体は過剰に反応してしまう。

その時、カタッと杯《さかずき》を膳に置く音がやけに大きく耳に届いた。導かれるように顔を上げると石黒と目が合う。

「さてと、そろそろ酒も飽きてきたな」

「じゃあ、次は僕を……食べて?」

妖艶な笑みを浮かべながら、男娼が石黒の唇を奪った。石黒は拒むことなく男娼の細腰を抱き寄せる。熟れた果実のように赤い舌が何度も激しく擦れ合い、透明な唾液《だえき》を滴らせる。濃厚なキスだ。男娼は石黒のキスに夢中になり既に息を切らしていた。

しかし石黒は涼しい顔をしたままだ。しかもその視線は岳斗を捉えたまま逸《そ》らされない。まるで岳斗へ見せつけるように、ねっとりと男娼の口腔《こうこう》を貪り続ける。

不意に石黒の口元が意味深に吊り上がった。

見ていろ。

そう言い放つような強気な光を瞳に宿し、石黒は男娼の唇を撫でていた指を下に伸ばす。無意識にその指を視線で追った岳斗は瞠目《どうもく》した。石黒は男娼ではなく己の肉棒に指を絡ませたのだ。

そして大胆に足を開いたまま、ゆるゆると己を扱き始める。

クチ、クチと薄皮を扱き上げる音が、男娼の舌を嬲る音と合わさって岳斗の耳を刺激した。いや、実際には聞こえるはずがない音が、岳斗には届くような錯覚を覚えていた。

萎えていた石黒の肉棒はすぐに鎌首を擡げ、石黒自身の手の中で猛っていく。

不敵な笑みを浮かべ息一つ乱さぬまま、手慣れた仕草で扱くそのアンバランスな様は酷く淫猥で、岳斗は捕らえられたかのように視線を逸らせなくて……。

「ふっ…んんっ……」

ビクリッと石黒の肉棒が震えた瞬間、岳斗の中で快感が迸った。ドクン、ドクン、と石黒と呼応したように鼓動が更に速くなっていく。

岳斗自身もどうしてしまったのかわからなかった。だが、支えがいらないほど屹立《きつりつ》した石黒の性器が淫らに蠢《うごめ》く様に、尻の奥が疼いてしまう。

疼いて、熱くて、たまらない。感じたくないのに、アレが欲しいとねだるように腰が淫らに揺れてしまうのだ。その逆らうことのできない渇きが、急速に岳斗の中に広がっていく。

「あっ、あぁっ……」

岳斗は再び己の股間に手を伸ばしていた。もう一瞬の躊躇いすら生まれなかった。全身を快感に震わせながら、岳斗は己の肉棒を扱き始める。

石黒が立ち上がったが、岳斗はその動きに気づかないほど快感に耽《ふけ》っていた。目の前で立ち止まった石黒にようやく顔を上げる。その頬を石黒の肉棒が叩いた。

「何が欲しいんだ？　言ってみろ」

「っ……」

猛った熱いものでゆるりと頬を撫でられ、岳斗は身震いせずにはいられなかった。頬に触れる熱にジクジクと尻の奥が疼き、漏れ出る吐息ははしたないほど乱れる。

石黒が何を言わせたいのかわかっていた。そして岳斗の体もそれを欲し、期待している。

しかし、と、岳斗は深く深く息を吐き出した。

たとえ男娼として買われ、体が快感に従順になろうとも岳斗は男だ。しかもカタギとして生きてきたとはいえ、極道の家に生まれた者だ。どんなに快感に侵されようとも、盛りがついた獣のように男の股間にむしゃぶりつきたくはない。

そもそも、大人しく抱かれているような性格ではないのだ。

といっても逆らうつもりはなかった。抱かれなければ、自分がここにいる意味はない。下手に逆らって弟たちを路頭に迷わせるわけにはいかなかった。

だから、体は許しても心は許さない。どんなに快感に酔わされても心は犯させない。

「入れたいならどうぞ。入れさせてあげますよ」

快感に目を潤ませながらも、岳斗は精一杯不敵に微笑んだ。

石黒は一瞬驚きの表情を見せる。しかしそれはすぐに興味深そうに変わった。

「これはまた随分と開き直ったな。だが、せっかくだ。お言葉に甘えて入れさせてもらうとするか。だが……」

「ひっ」

石黒は四つん這いになっている岳斗の尻に手を伸ばし、腰に巻き付くバンドを引っ張った。バイブがより深く侵入し、絶頂寸前の肉棒が締め付けられる。

悶えてその場に肘《ひじ》をついた岳斗を嘲笑うように、石黒はバンドを何度も強く引いた。

「これじゃあな。入れたくても入れられない。入れさせてくれるんだろ？　だったら自分でコレを外して邪魔なブツを引き抜いてもらおうか。もちろん俺に見えるように、足を広げてな」

「……」

「どうした。できないのか？　ん？」

楽しげにバンドを弄る石黒を岳斗は恨みがましい目で睨んだ。

やりたくない、が岳斗の正直な気持ちだ。バイブを入れられ続けているのも苦しいが、敏感になりすぎた体は引き抜くのさえつらい。だが拒否することは許されない。何より、それを石黒に言うのが癪《しゃく》だった。

「いいですよ。だったら見ててください」

この鬼畜が。

そう心の中で吐き捨てながら岳斗は仰向けへと体勢を変えた。漏れそうになる声は嚙み殺す。石黒に向かって立てた膝を思いきって開き秘部を晒《さら》すと、震える指でバンドを外す。そして、バイブを摑んだ。

「くっ」

一気には引き抜けない。そうなればみっともないところを晒してしまうのは確実だ。

ずる、ずる、とゆるりと引き抜くが、絶頂寸前の体には微かな刺激が何十倍にも響いて……。

「はっ、くっ、んんっっ――――――っ！」

すべてを抜き去ると同時に、岳斗は欲望を放ってしまった。

いかがわしいそれを放り投げた岳斗は、布団に全身を投げ出そうとする。しかし、石黒は一瞬の休息すら許さなかった。

「おい、どうした。俺に見せろと言ったはずだぞ」

からかいを含んだ石黒の声色に岳斗は内心舌打ちする。

やはりこの男は間違いなく鬼畜だ。股間で屹立した肉棒からは想像できないほど冷静な石黒の口調が、いっそうそう思わせるのかもしれない。

それでも岳斗は抵抗することなく両足を抱えて後孔を晒した。もっとも石黒を睨み付けることも忘れなかったが。

「どうぞご自由に」

「……。本当にお前という奴は」

クククッと石黒が笑い声を漏らした。そして岳斗の大腿部《だいたいぶ》を摑み、膝頭が床につきそうなほどその体を折り曲げると、更に晒し出された尻の孔に猛った雄を押し当てる。

「どこまでもおもしろいな」

「くっ、んあぁぁぁっ！」

石黒の熱い性器が一気に岳斗の蕾を押し開いた。媚薬で濡れそぼりさんざん嬲られたそこは、なんなく石黒を受け入れてしまう。

しかし石黒はそれだけでは満足しなかった。

「ひっ、なっ、何？」

更に尻の襞《ひだ》を押し分ける感触に岳斗は四肢を緊張させた。そして目にした光景に青くなる。石黒は己の性器に沿わせて人差し指を入れていたのだ。

「やっ、やめろ。そんなの無理だ」

「どこが。しっかり呑み込んでるじゃないか。まぁ、少々きついがそれも時間の問題だろう。お前はかなり感度がいいからな」

「ひぁっ！」

グリッと入り口に近い性感帯を弄られ、岳斗はたまらず仰け反った。先程イッたばかりだというのに、岳斗の肉棒は再び勃起してしまう。先端の割れ目には蜜まで滲んでいた。

「もう漏らしたのか。仕方のない奴だ。どうやらこの指はかなり美味《うま》いらしいな」

「もう……いい加減に……」

「まだまだ。ご自由に、そう言ったのはお前だろ？」

「やっ、やめっ、動かさ…あっ、あぁぁぁっ！」

青くなる岳斗を嘲笑うように、石黒は指を右に左に動かし柔らかい壁を嬲った。

「やっ……もうっ……はぁっ……あっ、あぁぁっ………やめっ……やぁっ……」

ゾクゾクと絶え間なく迸る快感に岳斗は全身を激しく痙攣させる。媚薬に侵された体には強すぎるその刺激に、岳斗の肉棒は色をなくした蜜を何度も何度も噴き上げていた。

飛沫は岳斗の体を汚し、石黒の目を楽しませ続ける。

「凄《すご》いな。トコロテンか」

石黒は上機嫌で、入れたままだった肉棒までも動かし始めた。岳斗に袖《そで》を引っ張られた着物は大きくはだけ、背中に彫られた飛龍の刺青が姿を見せている。

「ほら、これが欲しかったんだろ。しっかり味わえ」

「ひっ、あっ、あっ、あぁぁっ！」

片手で太股を押さえられ、激しく貫かれる。

容赦ない律動に、岳斗はもう言葉を発することもできなかった。朦朧とした意識の中、ただ体を揺さぶられ続ける。

何度イカされたか、いや、それが射精であったのかすら、岳斗にはもうわからなくて……。

「はぁっ……あっ、あっ、あぁぁ――――っ！」

岳斗が大きく背を反らした瞬間、体の奥に温かな感触が放たれた。石黒がイッたのだ。

責め苦の終わりを感じた岳斗は、そのまま意識を手放しかける。しかし、石黒が引き抜かれる感触に現実へ引き戻された。

押さえ付けられていた体を放された岳斗は、そのまま布団に体を投げ出す。石黒が去った孔から媚薬や放たれたものが流れ出ていたが処理する気力もない。腕どころか指一本動かすのさえ億《おっ》劫《くう》だ。

このまま眠りについてしまいたい。

そう思うのに疲れすぎているためか、瞼を閉じても眠気が襲ってくることはなかった。媚薬の効果が切れたことだけが幸いというべきだろうか。この部屋にいた男娼も消えている。

ふと煙草の香りが鼻を擽《くすぐ》った。

ゆっくり瞼を開けると、岳斗の隣で横になった石黒が紫煙を吐き出している。

それは珍しい光景ではなかった。石黒はいつもこうして布団の上で一服し、一本吸い終わるとシャワーを浴びて部屋を去る。

その間、二人に会話はない。岳斗もセックス後の会話を億劫に思った経験はあるし、心身から疲れていて話す気などなかった。それ以前に二人は恋人でも愛人でもない。ただの客と男娼の関係だ。甘い余韻などいらない。むしろこのまったりとした時間は嫌いだった。

痴態を晒した相手とどう接したらいいのかわからない。さっさと出て行ってくれ、それが岳斗の正直な気持ちだ。

煙草の匂いが部屋に充満した。

そろそろ石黒はシャワーに行くだろう、と岳斗は無意識に安堵の息を吐き出す。それはこの十日で覚えた時間の感覚だった。

しかし動く気配のない石黒に岳斗は眉を顰める。岳斗の予想に反し、石黒はもう一本煙草を手にした。岳斗が石黒に買われるようになって初めてのことだ。

毎日通い詰めでさすがの好色も疲れ気味なのだろうか？

だが、横になって頰杖《ほおづえ》をつく石黒の表情に疲れはまったく見られない。口元に満足げな笑みを浮かべ、岳斗を見ていた。機嫌がいいからこその二本目だったようだ。

あれだけ好き放題に人を嬲れたら、さぞ気分もいいだろう。そう毒づきたくなる。

しかし、岳斗は石黒を憎んでいるわけではなかった。

これは仕事だ。石黒と取引をし、結果、岳斗はここにいる。岳斗がここで稼がなければ雨水会のみんなや真冬は行き場を失ってしまうだろう。

特に真冬にだけはこれ以上不自由な思いはさせたくなかった。

生まれた時から母親を知らない真冬。真冬は何も言わなかったが、寂しかったに違いない。

そんな真冬から今度は父親を奪ってしまった。もちろん死因は事故でそれは岳斗の責任ではないが、もしあの時社に送ってもらわなければ……そう思えてならないのだ。

だから、真冬には今のまま裏の世界を知らない普通の生活を送って欲しい。

勝手な自己満足だが、そう思うことで岳斗も男に体を開くのを割りきれる。もっとも、簡単な話ではなく、躊躇ってしまうことも多々あるのだが……。

それにしても、と岳斗は改めて石黒を盗み見た。

石黒はどうして自分を買うのか、岳斗には不思議でならなかった。初日はまだしも、こう毎日だと気になってしまう。

自分が連れてきた商品が売れ残っているから責任を取って、というのもあるだろう。だが金を稼がせたいのに、石黒が買っていては何の儲《もう》けにもならない。

若くして頭になり、しっかり組を儲けさせているような男だ。情で流されるとは思えなかった。ただ遊びに来ているとしても普通は、不慣れな岳斗よりも他の男娼を選ぶだろう。時折「おもしろい」と言われるから、気に入られているということだろうか？

しかしそのわりに、石黒の目がどこか冷めていることに岳斗は気づいていた。

遊び慣れた男の余裕か、それとも石黒の性格なのか。セックスの後、長居をしないのも石黒の冷めた部分だと思っていたのだが、今日は帰る気配がない。

正直、石黒龍介という男がよくわからない。一緒にいればいるほどわからなくなる。

もっとも、買い手が誰もつかない落ちこぼれ男娼の身としては、感謝すべき客と言わざるを得ないのだが。

「ただ単に物好きなだけかもな……」

無意識に漏れた岳斗の言葉に、石黒が「ん？」と反応した。まさか反応されるとは思っていなかった岳斗は、無言のまま視線を逸らすが、石黒は流さなかった。

紫煙を吐き出し、長くなった灰を灰皿に落とすと、石黒は口元に弧を描く。

「それは俺のことか？」

「……まあ」

違うと否定してもよかったが、頑に拒絶するのも大人げなく、岳斗は溜息混じりに頷いた。

「石黒さん、女にももてるって話なのに何で『ここ』に来るのかと思って」

「男の、しかもお前を買うのが理解できないってわけか」

「俺は抱くなら女の柔らかい体のほうが気持ちいいと思うんですけど」

「お前はもともとノンケだからな。まぁ、俺もゲイってわけじゃないが、なぜかと聞かれれば『抱きたいから』だろうな。俺にとっては男も女もたいした差はない。ただ『抱きたいから抱く』それだけだ」

そこに愛はない。そう言っているように感じられた。

好色らしい男のセリフだ。どこか頑な言い方であったが予想の範囲内であるそれに、岳斗は驚かない。もちろん理解することもなかったが。

「なかなか最低なセリフですね」

気分を害すだろうか？

そう思いながらも岳斗は本音を漏らす。しかし石黒は憤ることもなく、むしろ楽しそうに「そうか？」と言いながら喉の奥を震わせる。岳斗の返事をわかっていた、そんな反応だ。

結局、なぜ岳斗なのかは不明だが、この様子ではまともな答えは期待できない。いや、もしかするとまともな答えはないのかもしれない。

深く追及せず、岳斗は再び瞼を閉ざし会話を終わらせようとした。しかし石黒が先を続ける。

「俺はお前こそ随分変わってると思うがな」

「俺が？」

瞼を上げ視線だけを向けた岳斗に、石黒は煙草の煙を深く吸い込み、紫煙を吐き出しながら「ああ」と呟いた。

「これだけ酷い調教を受けたら、泣き叫んで許しを願って骨抜きになる奴がほとんどなんだが、お前は違う」

「どこがですか。俺も充分従順にされたと思いますけど」

「体はな。もともと感度がよかったんだろう。予想外のいい体になってきた」

ニヤリとした石黒が煙草を持つ手で岳斗の胸を撫でた。無視していた岳斗だったが、エロティックな動きをし始めた指を嫌って鬱陶しげに振り払う。

しかし、その手を石黒に掴まれた。石黒はゆったりと上体を起こし、岳斗に覆い被さるように顔を覗き込む。癇《かん》に障ったというわけではなさそうだ。その目は興味深げに輝いているように見えた。

「そう、この目だ。どんなに陵辱《りょうじょく》しても折れることがない。いつも俺をまっすぐに見つめ返してくる。かといって反抗するわけでもない。足を開けと言えば素直に従うしな」

「仕事ですから」

「確かにな。だがほとんどの奴がそう割りきれない。いや、割りきっているつもりで快感と欲に呑まれてしまう」

「……」

「ここにいる連中はな、お前と同じように体を売らされている奴らばかりだ。みんな、好きで体を売り始めたわけじゃない。だが、閉鎖的で尋常でない空間は簡単に人の心を腐らせる。初めて覚えた快感に取り憑《つ》かれる者、男に抱かれるだけで金を貰えると金欲に走る者、様々だ。中には『男に抱かれるのは嫌だ』と抵抗したり憎んだりする奴もいるが、数日調教されればたちまちすり寄っていく。だが、お前は違う。いつまでも客に媚《こ》びない。俺に反抗する気配もない。あれだけいたぶられて俺が憎くないのか？」

「別に……。仕事だからと言ったはずですけど。それにこれは俺が選んだことですから」

「お前ノンケだろ。男に犯されて平気なのか？」

「犯してる相手から言われるとは思いませんでしたね。まぁ、まったく売れない俺を買ってくれる大切なお客様ですから、文句は言えませんけど」

感情を露《あらわ》にせず淡々と言い捨てた岳斗に、石黒は少し目を大きくした。しかしそれは笑い声に変わった。

「お前、やっぱりおもしろいな」

「だからそのおもしろいっていうのは……」

思わず声を大きくして言い返しそうになったものの、岳斗はムキになるのも馬鹿らしい気がして続く言葉を溜息に変えた。

石黒は岳斗を見つめたまま、まだ忍び笑っている。どうやらいつになく上機嫌なようだ。人を食ったその態度はいつもと変わらない。だが、表情が柔らかく感じられた。

こんなふうにも笑うんだ、と岳斗は珍しいものを見たような気になる。

そういえば、石黒とまともに話をするのは藤原会の事務所以来だった。

この十日、毎日のように夜を共にしていたというのに、岳斗自身少し驚いてしまう。話す気力がなかったのもあるが、馴《な》れ合いたくないと壁を作っていたからだろう。恨んではいないと言いつつも、自分で感じている以上に状況を受け入れられていなかったのかもしれない。

今だって馴れ合うつもりはないのだが……。

石黒は岳斗にとって、唯一の上客だ。何より雨水会や真冬を任せている男でもある。

岳斗がここから出られない以上、雨水会などの様子は石黒に聞くのが手っ取り早いのが現状だった。いつまでもただ体を重ねるだけで会話もない関係は、岳斗にとって決していいことではない。もっとも、石黒が本当に約束を守ってくれているのかはわからない。

雨水会はどうなったのだろう。みんな元気にやっているのだろうか？　真冬はちゃんと大学に通っているだろうか？

組の連中がいるとはいえ、父親を亡くし兄までいなくなった家で寂しい思いをしているに違いない。その姿を想像するだけでいたたまれなくなる。何もできない自分の不甲斐《ふがい》なさを痛感する。少しでも真冬たちの様子がわかれば、この不安は治まるのだが……。

「あの、石黒さん」

心に突き動かされるまま、岳斗は口を開いた。しかしすぐに我に返って口を噤む。

岳斗がここで働いているとはいえ、石黒には取引に応じ雨水会と真冬の面倒を見てもらっているという借りがある。その上、弟たちの様子を教えてくれ、という要求は調子がよすぎるのではないだろうか。

もし、情報の見返りを要求された場合、今の岳斗には支払える金も体もない。ただで情報を流すほど、石黒は安くも甘くもないだろう。

真冬たちの様子を知るためには、別の手段を考えたほうがいいかもしれない。

「何だ？」

いつまでも続きを話さない岳斗に石黒が言葉を促す。だが、岳斗は石黒に摑まれたままだった手をやんわり退け、背中を向ける。

「いえ、ちょっと呼んでみただけです」

「呼んでみただけか。そのわりには何か言いたそうな顔をしていたようだが？」

「……」

「まぁ、言いたくないなら俺は構わんが、一つ教えておいてやる。欲しいものがあるなら遠慮なくねだれ。それも男娼の仕事の一つだ。そのおねだりを叶《かな》えるのが客の楽しみでもあるからな。客は案外簡単にお前の欲しいものを差し出すかもしれないぞ。たとえば愛しい弟の様子とかな」

「！」

心の中を読んだかのような石黒のセリフに、岳斗は瞠目した。

岳斗はここに来て以来、一言も真冬の名を口にしていない。それにもかかわらず、こうもあっさり読み当てるとは、石黒の洞察力は侮れない。

何より驚いたのは、石黒が何の見返りもなく教えてやると示唆したことだ。真冬たちの面倒を見る代償として岳斗をこの遊郭へ送り、さんざん非道な調教を行う男が、一体どうしたというのだろう。

俄《にわか》に信じがたく、岳斗は訝しげに寝返りを打つ。

石黒は何も言わず、ただ煙草を吹かしていた。不敵な笑みを浮かべた表情は、これまでとまったく変わらない。食えない男のそれだ。

その表情を見ると、やはり今のは反応を楽しむためのものだったのかと疑ってしまう。だが、先程の口調にからかいは感じられなかった。

本当に優しさから出た言葉だとしたら、頑になる必要もない。

だがこれで、ますます石黒という男がわからなくなってきた。

以前から感じていた組事務所とこの店での雰囲気のギャップ。そして、情け容赦なくいたぶる冷めた目と、垣間見せる優しさ。

一体本当はどんな男なのか。何を考えているのか。いつもなら気にもならない小さな仕草さえ妙に意味深に見えて気になってしまう。

「さて、そろそろ風呂に行くか」

短くなった煙草を灰皿に押しつけ、石黒が腰を上げた。浴室に向かうその気配を追いながら、岳斗は「聞いてみるか」と心の中で呟いた。

◇◆◇

遊郭『蘭華楼』の夜は長い。営業は夜からとされているものの、実際には営業時間はあってないようなものだ。会員制で、新規の場合は会員の紹介が必要なため一見《いちげん》の客は訪れないが、馴染《なじ》みの客になると昼夜問わず訪れ、好きなだけ遊び尽くしていく。

指名を受けていない日や客の専属になっていない男娼が弁柄の格子の中に入るのは、営業を開始する午後八時。実際客の入りがよくなるのは九時を過ぎた頃だ。客に買われればすぐにでも部屋で接客することになるが、買われなければ最悪深夜二時近くまで牢の中で待たされる。

いつも売れ残る岳斗は当然そこの常連だった。

男娼となって三週間。ここへ来た当初に比べ、岳斗の外見には変化が出てきていた。営業で焼けていた肌は外出していないために白くなり、石黒に抱かれ続けた体は筋肉がほどよく落ちて線が細くなっている。

それだけではない。元々敏感だったらしい体は容赦ない調教で快感に従順になっている。緊張で上手くできなかった自慰も今は微かな反発心が起こるだけだった。

男の性器を受け入れることさえ、痛みを感じることもない。むしろ快感を覚えてしまう。

まさか自分が男に入れられて感じるなんて……。

自分に嫌悪を覚え、何とも言えず失笑が漏れる。だが、望んだのが自分である以上現実を受け止めるしかない。

そんな変化にもかかわらず、岳斗への客からの評価だけは変わらなかった。

艶《つや》が出てきた岳斗の容貌に目をつける客はちらほらいたが、やはり年齢がネックになっているのだろう。相変わらず売れ残り、石黒に買われる毎日だ。十代の男が目当ての客層なのだから無理もない。

だが、岳斗は牢で無為に過ごしているわけではなかった。

長時間牢にいるため必然的に他の男娼と話すことが多くなる。最初は異端な存在である岳斗を警戒していた男娼たちも、ライバルにならないと判断したらしい。気さくに話しかけてくるようになった。岳斗もそんな彼らを拒む理由などなく、真冬に接していたように彼らと話すうちに、今では兄のような存在になっている。中でも翼《つばさ》という男娼と親しくなっていた。

翼は岳斗が初めてこの遊郭に来た際に蹴り飛ばしてしまった男娼だ。真冬と同じ歳で、似ているわけではないが、その可愛らしい容姿がどこか彼を思い出させる。そんな翼に、岳斗は真冬の面影を重ねていた。

真冬のことは、時折石黒から様子を聞いてはいる。「元気にやっているぞ」と言われるたびほっとしていた。だが、それでも気にならないと言ったら嘘になる。

本当なら一度家に顔を出したい。みんな心配していると思う。しかし、それは無理な話だった。

「痛っ」

深夜十一時過ぎ、いつものように客待ちをしていた岳斗は、突然聞こえてきた声のほうへ顔を向けた。見れば隣に座っている翼が目に涙を浮かべて瞬《まばた》きを繰り返している。

「どうした？」

「目に何か入ったみたい」

「あっ、馬鹿。擦るな。ちょっと見せてみろ」

目を擦ろうとする翼の手を摑み、岳斗は床に膝をついて腰を上げた。そして小さく頷いた翼の顔を上から見下ろす。

痛みに潤ませた目を懸命に開くその姿は、岳斗を鬱陶しがる前の真冬を思い出させた。

こんな子が体を売っている。そう思うと胸が痛む。

翼は石黒が言った、快楽に身を落としたうちの一人だった。積極的に客を誘い、上客に小遣いをせびる。どの客のセックスが上手いとか、小遣いが高くて好きだとか、恥ずかしげもなく岳斗に自慢していた。

それを聞くたびに岳斗は何も言えなくなってしまう。

体を売って金をせびるのは決して自慢できることではない。違法であるこの行為を、本来ならば大人である岳斗が止めるべきだった。

だが、今の岳斗には翼を咎めることはできない。

「自分の体を大事にしろ」「もっと堅実に生きろ」と正論を説くことは簡単だ。しかし、岳斗がそうであると同じように、翼にも闇の世界へ身を落とした事情がある。その事情も知らず、たとえ知ったとしても、翼をこの世界から抜け出させ、その後の面倒を見るほどの力が岳斗にはないのだ。言うだけ言って、放り出すような無責任なことはできない。

それでも、昔の岳斗なら安直な正義を振りかざしていたかもしれないが。

この三週間で、いろいろ経験させられたからな、と岳斗は苦笑が漏れそうになる。

だがそのおかげで、見守るという言葉を知った。

「あまり無理するなよ」

ぼそりと呟いた岳斗に、翼は首を傾げた。岳斗は「何でもない」と言いながら、ただ翼の頭を撫でる。

「ねぇ、岳斗。今日も組長来るかな」

「さあ、どうだろうな」

「岳斗はいいよね。いつも相手できてさ。今日は僕を抱いて欲しいな。組長上手いんだもん。来たら絶対声かけてくれるからお願いしちゃおうかな〜」

「絶対声をかけてくれるって、翼は気に入られてるんだな」

「う〜ん、そうだったら嬉しいけど、ちょっと違うかも。組長って自分がこの店につれてきた子にはみんな必ず声をかけるみたいだからさ」

「へぇ、そうなのか」

意外だった。てっきり適当に声をかけているのだとばかり思っていたのに。

ふと視線を感じて岳斗は顔を上げた。岳斗たちのいる牢の前に立ち止まった男がこちらを見ている。翼を贔屓《ひいき》にしている客だ。岳斗も何度か顔を見たことがある。

羽振りのいい客らしく翼は「いいカモだ」と言っていたが、岳斗は陰気さを覚える男にあまりいい印象を持たなかった。

今日は特に目が暗く淀《よど》んでいる。嫌な感じだ。

「翼」

女装の引田に呼ばれて、翼も客に気づいた。そのとたん妖艶な男娼の顔になった翼は立ち上がって、そして柵を抜けて牢の横の通路へ入ってきた客を待って、二人で奥の自分の部屋へ入っていく。

一瞬、男が岳斗を睨んだ。だが岳斗には睨まれる理由がわからない。問いかけるわけにもいかず、岳斗はただ二人の背中を見送る。

「あの客、そろそろ会員をやめてもらわないといけないわねぇ」

二人の背中が完全に牢と男娼たちの部屋を仕切る衝立の向こうに消えた時、引田が溜息混じりに呟いた。その言葉に漠然とした不安が湧き起こり、岳斗は表情を曇らせる。

「それどういうことなんですか？」

「あら、聞こえちゃったの」

「あの客、翼はカモだって言ってましたけど？　会員をやめてもらうって、何か問題があるんですか？」

「ええ、あの客は成金で本来ならウチの客にはしないような男なんだけど、お得意様の紹介でね。金払いも羽振りもよかったから会員にしてあげたのよ。でも、独占欲が強くて要注意人物で、しかも事業も傾いたって情報だわ。そんな客、ウチには必要ないのよね」

「独占欲が強い……」

岳斗は先程の視線を思い出し、納得した。

睨まれたのは岳斗が翼の頭を撫でたのを見たからだろう。あの射殺でもしかねない目はまさに嫉妬《しっと》する男のそれだった。

だが、だとすると……。翼は大丈夫なのだろうか？　その強すぎる嫉妬が翼に向けられでもしたら……。

「！」

奥の部屋から小さな悲鳴が聞こえた。その声に岳斗の不安はますますかき立てられる。

この牢の奥、細い通路の向こうには左右に二つずつ四つの部屋がある。そのうち、奥の向かい合う二つが岳斗と翼の部屋だ。そして今部屋を使っているのは翼しかいない。

ここでは悲鳴が聞こえるのは決して珍しいことではなかった。陵辱するプレイが好きな客が多いからだ。そのため、男娼の部屋からどんな声や音が聞こえようと、部屋を覗いてはいけない決まりになっている。

岳斗もこの三週間で悲鳴は聞き慣れたが、今のはいつもと様子が違った。色っぽさなどない、喧嘩の時のようなそんな悲鳴だった。ものを投げつける音まで聞こえる。

あの客に嫌なプレイをされて翼が暴れているのかもしれない。だが、もし違ったら……。

「ちょっと見てくる」

「駄目よ。やめなさい」

引田の制止も聞かずに、岳斗は奥の部屋へ向かった。胸騒ぎに自然と足が速くなる。

「翼！」

中の様子を確認もせず翼の部屋の障子を勢いよく開けた岳斗は、次の瞬間、目の前の光景に愕《がく》然《ぜん》とした。客が馬乗りになって翼を殴っている。

突然の乱入者に客ははっとなって岳斗を振り向いた。翼は鼻血で血だらけになりながらも抵抗しようとしていたが、岳斗の姿を確認したとたん目から大粒の涙を流す。

「あんた、何やってるんだよ！」

岳斗は怒りに突き動かされるまま男の襟首《えりくび》を掴み、勢いよく翼から引き離した。そして翼を後ろに庇《かば》って立つ。畳に尻餅をついた男は岳斗を睨んだ。

「何だ、貴様は。俺は客だぞ。邪魔するな」

「客だろうと何だろうと、こんな酷いこと放っておけるか」

「酷いだと？　俺はこいつを買ったんだ。何しようと俺の勝手だろう。そこをどけ！」

起き上がった男が岳斗に拳《こぶし》を振り上げた。しかしそれは岳斗の予想の内だ。

「何がプレイだよ。冗談じゃない。限度ってものがあるだろうが」

「ぐっ！」

冷たい目で男の拳を軽々と躱した岳斗は、逆に男の腹に鋭い蹴りを食らわせ、その体を吹き飛ばす。男は一回り近く体が大きかったが、喧嘩で素人に負ける岳斗ではない。

岳斗の部屋の障子までもなぎ倒し、男はみっともなく畳に倒れ込んだ。

それは男のプライドを傷つけてしまったようだ。

唇を噛んで立ち上がった男は目を血走らせた。そして、岳斗の部屋の奥にあった日本刀を鷲掴《わしづか》む。それは石黒が置きっぱなしにしている雨水会の宝だった。

躊躇いなく抜刀《ばっとう》した男の姿に、岳斗も息を呑む。足下にいる翼に至っては「ひっ！」と声を出し青ざめていた。

「それに触るな」

それはお前が触っていいものじゃない。

そう凄んだが、岳斗をただの男娼と思っている男をかえって逆上させてしまったようだった。

岳斗に向けられたその目は狂気じみており、もはや尋常ではない。

「貴様、こいつが好きなんだろう。さっきも俺の前でべたべたしやがって。だからこいつから俺を引き離そうとしてるんだろう。俺からこいつを奪おうとしてるんだろ！」

「……。あんた何言ってるんだ？」

「だがな、こいつは俺のものなんだよぉ。俺が一生可愛がってやるんだ。可愛がって、しゃぶり尽くして……。誰が渡すか。こいつは俺のものだ。俺のものなんだよ！」

「くっ」

振り下ろされた刃を岳斗は辛うじて避けた。しかし続く刃を避けた際、布団に足を取られてその場に倒れた。

しゃがみ込んだ後ろには翼が目を見開いて固まっていた。もし岳斗が避ければ、刃は翼に当たってしまう。

岳斗の前に仁王立ちした男は、下種《げす》な笑みを浮かべ再び日本刀を振り上げた。

もうどうすることもできない。岳斗は覚悟してただ固く目を閉じた。

しかし、襲ってくるはずの痛みがない。

恐る恐る瞼を開けた岳斗は、目の前に立ちはだかる黒いスーツ姿の男に気づいて息を呑んだ。

「石黒……さん」

「よぉ、これまた随分と物騒なもの振り回してるなぁ」

飄々《ひょうひょう》とした口調で発せられたその言葉は岳斗へ向けたものではなかった。

振り下ろされた日本刀の中腹を左の前腕で受け止めたまま、石黒は口元に弧を描く。

突然現れた石黒に驚いたのか、それとも人に刃を当てたことに動揺したのか。日本刀を持つ男の力が少し弛む。

「何だ貴様、どけ」

「まぁ、そう凄むな。落ち着け。素人さんがこんなもの振り回しても何の得にもならないぞ。くさい飯、食いたくないだろ？」

「うるさい。貴様も俺の邪魔をする気か」

「ああ。あいにくここは俺のシマなんだ。この店で刃傷沙汰《にんじょうざた》を出されちゃ迷惑なんでね。それに、あんたが使っているその刀。俺のなんだ。悪いんだけどさ……返してもらえるよな」

不意にトーンを落とした声色に、男が凍り付いた。いや、男だけではない。騒ぎで集まった数人の男娼はもちろん、岳斗でさえも総毛立っている。

決して声を荒げたわけではない。だが、有無を言わさぬ声色には畏怖《いふ》を与える迫力があったのだ。この遊郭でのいつもの石黒からは想像できない。組事務所でもこれほどの迫力は感じなかった。

おそらくこれが石黒の本当の姿なのだろう。極道の、組長の顔だ。

何人《なんぴと》も逆らうことを許さない、修羅《しゅら》の顔だ。

日本刀が畳に落下した。

ようやく我に返ったのだろう。顔面蒼白《そうはく》になった男は奇声を上げてその場から逃げ出す。

その足音が聞こえなくなるのを待たず、石黒はふーっと息を吐き出した。

「まったく人騒がせな奴だ」

まるで他人事のように呟きながら、石黒は落ちた刀を拾い、鞘に戻した。そこに先程見せた修羅の顔はない。いつもの飄々とした男の顔だ。

「さてと……」

振り返った石黒は鞘に戻した刀を立てて、岳斗の前にしゃがみ込んだ。その視線は岳斗の後ろで震える翼に向けられている。

「随分酷くやられたな」

「……」

「今医者に連れて行ってやる。もう少し我慢しろよ」

「……あっ、あいつ僕の顔を……」

「心配するな。あいつはもうここには来ない。それに顔も綺麗にしてやる」

「本当?」

「ああ」

力強く頷く石黒に、翼は安堵の表情を浮かべた。その様子に岳斗もほっと胸を撫で下ろす。

しかし、何気なく視線を下に向けた瞬間、ぽたりと石黒の手から滴った赤い滴に息を呑んだ。

石黒は岳斗を庇って日本刀を受け止めたのだ。無傷のはずがない。

「石黒さん」

岳斗は慌てて石黒に声をかけた。しかしそれは石黒の視線で遮られる。

何事もなかったかのように立ち上がった石黒は、集まっていた男娼たちを振り返った。

「お前たちも戻れ。ああ、それから、口止め料として客にはうんとサービスしてやってくれ。お前たちには特別な手当が出るよう、俺からオーナーに言ってやるからな」

特別の手当だって、とみんな顔を綻ばせる。そして、いそいそと牢に戻り始めた。誰一人、翼でさえ、石黒の怪我に気づく様子はない。

その時、引田と黒服数名が部屋に入ってきた。引田に耳打ちした石黒は、「じゃあ、あとは頼むな」と残し歩き出す。その足は岳斗の部屋に向かっていた。

岳斗は黒服から救急箱を受け取り慌ててその後を追う。

石黒は無言のままいつもの席に腰を下ろしてあぐらを組んだ。

スーツが黒いため一見わからないが、出血でその袖は濡《ぬ》れている。怪我は軽くないだろうに、石黒は顔色一つ変えない。

騒ぎにしたくないのだろうと察した岳斗もまた、黒服によって直された障子を静かに閉めた。そして石黒の左隣に腰を下ろす。

脇息《きょうそく》がいつになく岳斗に寄っている。これは治療しろという石黒のサインなのか。

「意外と素直じゃないんだな」

「何か言ったか？」

「別に。ほら、上は全部脱いでください」

「ん」

珍しくおとなしく頷いた石黒がスーツを脱いだ。

普段は隠れている背中の刺青が露になる。石黒が彫っているのは飛龍天昇。翼を持った龍が飛ぶ姿を表したものだ。飛龍は一本の角と二本の足、大きな翼を持った龍で、眼光や牙《きば》や爪《つめ》は鋭く、馬のような鬣《たてがみ》もあり、神獣と言われている。手には宝珠を持っていた。何度か目にしていたが改めて見るとやはり迫力を感じる。

その彫り物に目を奪われていた岳斗だったが、上着を受け取り、眉を顰めた。

思った以上に出血が酷い。上半身裸になって露にされた石黒の腕は、肉がぱっくりと割れていた。受け止めた際、刃を引いてしまったのだろう。

「ったく、日本刀の前に飛び出すなんて、あんた馬鹿だろ」

痛々しいその傷に、岳斗はそう言わずにはいられなかった。

後ろから男に飛びつけば石黒が怪我をすることはなかったはずだ。だがその場合、岳斗たちが怪我をする恐れがある。石黒はそれを避けた。自分の怪我よりも岳斗たちを守るほうを優先したのだ。

あんな調教をする非道な奴のくせに、身を挺《てい》して男娼を守るなんて本当にわからない男だ。

いや、本当は少しだけ気づき始めていた。普段見せているその顔が、この男のすべてではないことに。

おそらくここに毎晩来るのは、好色なだけでなく、自分がこの道に貶《おとし》めた岳斗や他の男娼の様子を窺《うかが》うためだろう。殴られた翼を見る目は優しかった。

来る者拒まずなのも、わざと特定の相手を作らないようにしているのではないだろうか。

岳斗の父・巌は妻が死んで以来、何度も来る再婚話を断り続けた。それは妻以外を愛せないからだけでなく、有事の際に害を被る女を作りたくないからと、言っていた。

もちろん石黒は堅物の巌とは違う。金にはうるさくあくどいことも平気でやる男だ。岳斗の調教も楽しんでいた。

だが、そうだとしても体に流れる極道の侠気《きょうき》は同じなのではないだろうか。だから石黒は岳斗を守ることを優先した。自分の犠牲になる人間は作らない。そして自分の責任の範囲にある者は守る。そう思えてならない。あの日、岳斗を守って命を落とした巌や霧島のように……。

「本当、馬鹿だよな。極道の男って奴は」

岳斗は無意識に呟いていた。その力ない独り言に含まれた意味を悟ったのだろう。石黒は岳斗を見つめる。

しかし、その視線を嫌い、岳斗は救急箱から消毒液を取り出した。そしてわざと大量に石黒の腕にかける。

石黒はしかめた顔で岳斗を睨む。

「くっ……お前」

「あっ、すみません。痛かったですか」

「わざとだろ」

さぁ、と岳斗はとぼけたものの図星だった。

突っ張ったわけではない。ただ、感傷に浸った姿を見られたのが恥ずかしかっただけで。

「でも、あなたみたいな馬鹿にはこのぐらいがちょうどいいんです。痛かったら次は無茶なことはしないでしょう?」

淡々とした口調で返しながら岳斗は手際よく処置を続けた。極道の家で育っただけあって、怪我の治療は手慣れているため、見る見るうちに処置は施され、石黒の腕には包帯が巻かれていく。

睨まれてもまったく動じず淡々と処置を施す岳斗に、石黒は少々呆気《あっけ》に取られている。

しかし機嫌を悪くするわけでもなく、ただ苦笑を漏らした。

「そうか、俺は馬鹿なのか。まぁ、確かに否定できないな。面と向かってそれを言ったのはお前が初めてだが」

俺の組の者ならオトシ前だぞ、と岳斗を脅しながらも石黒の表情は柔らかだった。

今までの人を食った鼻持ちならなさはない。とても穏やかな好青年の顔に、岳斗は一瞬目を奪われてしまう。

格好いい、素直にそう思った。家の前でただ外見に目を奪われた時とは違う。垣間見た石黒龍介の心の秀麗さに、岳斗の中の何かがトクンと心地よい微かな音を立てる。

「ん？　どうした」

「……別に」

「そうか。もう終わったんだな？」

「えっ？　はい、応急手当はですけど……って、ちょっと？」

言い終わるのを待たず、石黒が岳斗の膝に頭を乗せた。

岳斗を売り物にもならない、男娼以下のものとしてしか扱わなかった石黒が、他の男娼にすることはあっても岳斗にこのような甘えた仕草をするのは初めてのことだった。

突然のことに戸惑った岳斗は立ち上がろうとするが、石黒に再び睨まれる。

「おい、頭が落ちるだろうが、じっとしてろ」

「でも、俺ですよ？」

「それがどうした。今日はお前で十分だ」

「……」

「迎えの車が来るまでの間少し横になる」

少し疲れたように呟くと、石黒は静かに目を閉じた。その顔色は先程よりも悪くなっている。緊張の糸がほどけて、ダメージが目に見える形で表れたのだろう。巻いたばかりの包帯には既に血が滲んでいる。

処置したとはいえ素人のものだ。そもそも救急箱ですむような怪我ではなかった。早く病院に行くべきだが、違法店であるここに救急車を呼ぶことはできない。きっと翼も救急車ではなく店の車で運ばれたのだろう。それもおそらく闇医者にだ。

岳斗は自分の膝の上の石黒を改めて見下ろした。

媚薬で狂わされるでもなく、拘束されるでも、抱かれるでもない。ただこうして石黒に膝枕をするなんて考えもしなかった。

初めてだからだろうか。どうにも落ち着かなくて、妙にくすぐったくていけない。

いつも腹の底を見せない石黒が無防備といっても過言ではない姿を岳斗に晒している。飄々とした遊び人でもなく、面倒見のよい組長の顔でも、修羅のそれでもない。岳斗が石黒だったら人には知られたくない弱った表情をしている。

どうしてこんな顔を見せる気になったのかは、岳斗にはわからない。ただの気まぐれだろう、とも思う。

だが嫌な気分ではなかった。むしろ頼られている気がして嬉しい。

男に膝枕して喜ぶなんておかしいが、それが素直な気持ちだった。

少しでも石黒の痛みが和らげばいい。

岳斗の視線が気になったのか、ふと石黒が目を開けた。

「考えごとか？」

「ええ、ちょっと」

「……………。それ、そろそろやめろ」

「えっ？」

「敬語だ。どうも居心地が悪い」

「そう言われても」

「さっき普通に話してただろ。『あんた馬鹿だろ』ってな」

もしかして、根に持っているのだろうか。

思わず笑みが浮かぶ。

「まぁ、石黒さんがそう言うなら……。あっ、そういえば、さっきの男。逃がしてよかったのか？」

「まさか逃がすわけないだろ」

「じゃあ」

「ああ、部下に尾《つ》けさせてる。今捕まえたらおもしろみが半減するからな。俺に傷を負わせたんだ。ヤクザに追われる恐怖をたっぷりと味わわせてやる」

「……。やっぱり人でなしだな」

にやりと不敵な笑みを浮かべた石黒に、岳斗はわざとらしく溜息をついた。

それは今までの突き放すようなものではなく、温かみが滲むそんな溜息だった。

岳斗は自然と頬を弛ませて、石黒の髪にそっと手を伸ばした。

◇◆◇

花の香りが充満した浴室の中。ちょうどいい加減の湯に浸かりながら、岳斗は大きく息を吐き出した。

大きな円形の浴槽に背を預けて静かに目を閉じると、だるさが薄らいでいく。

少し前まで岳斗は石黒に抱かれていた。相変わらず激しくて執拗なそれに、体はくたくただ。

だが、不思議とかつてのようなむなしさはない。この店に来て時間がたち、石黒との雰囲気が少し変わったことも関係しているのかもしれない。

日本刀を振り回す客から庇われて以来、岳斗は石黒を見る目を変えた。意識的に態度を変えたつもりはないが、石黒龍介という男を認めたことで自然と彼に対するあたりも柔らかくなったのだ。

その変化が伝わったのだろう。石黒は無意識に情事中の感情を露にするようになった。もっとも、岳斗以外の男娼を侍らせるのや、鬼畜な調教は変化なしだが。

それでも、いつもどこか冷めていた石黒が気持ちよさそうにすると、岳斗も同調してしまう。体ばかりが快感を得るのではなく、心から感じる。

行っていることは何ら変わらないというのに不思議なものだ。

「俺、男なんだけどなぁ……」

苦笑を浮かべ、岳斗は目の下ぎりぎりまで体を湯の中に沈めた。しかしやがてその表情が曇る。

石黒との関係がよくなったのは、よかった。

正直なところ、女のように抱かれることに抵抗がないといったら嘘になる。ただ、それは店に来ると決めた時点から覚悟の上だ。

だが、いつまでも客は石黒だけとは限らない。また、そうならなくては、石黒はもちろん岳斗も困るだろう。それは遠くない未来、必ず起こりうることなのだ。

その客はどんな男なのか。どんな手で体を触るのか。その時自分はどうなってしまうのか。それを考えると少し怖い。一ヶ月近く石黒にしか抱かれなかったからこそ、よけい不安になる。

毎回知らない男に抱かれるようになれば、こんな不安も麻痺《まひ》してしまうのだろうか。そうなりたいとも思えないが……。

「おい」

突然ドアが開けられ、石黒が姿を現した。浴室でセックスするのは珍しいことではないが、先程まで脱いでいたスーツを着込んでいる石黒に、岳斗は首を傾げる。

「何だよ。服を着てする趣味でもあるのか？」

「さっきさんざんやったばかりだろう。何だ、まだもの足りなかったのか？　お前も成長したものだな」

「俺は別に……」

「まあいい。それよりさっさと上がって用意しろ。客だ」

「客……って」

今危惧《きぐ》したばかりの言葉に岳斗はぎくりと体を強張らせた。

こんなに早くその時が来るなんて……。

いや、これまで誰にも目をかけられなかった岳斗に客がついたのだ。男娼としては喜ぶべきことだ。

だが、抑えきれない嫌悪感が湧き上がってくる。

石黒に初めて抱かれた時よりも身体的負担は少ないだろう。やられることは石黒との行為と変わらないのだから、不安になることなど何もないはずだ。

すべて承知しているのに顔が強張ってしまう。やはり石黒一人だけに抱かれすぎたのかもしれない。最近、石黒との関係がよくなったから余計に抵抗を感じてしまうのだろう。

だが、拒めない。岳斗は男娼で、不特定多数の男に抱かれるのが仕事なのだ。岳斗が客を選ぶことも、それを拒否することもできない。

「あ…あ、すぐに用意する」

声が詰まりそうになるのを堪え、岳斗は頷いた。石黒はそれを見届けると「早くしろよ」とだけ言い残しすぐに立ち去ってしまう。その様子には躊躇いも岳斗への執着も感じられない。

それは不思議なことではなかった。

石黒は客だ。行為が終われば客は男娼の許《もと》から去る。その後に誰がその男娼を抱こうと関係はない。それが普通だ。特に、去る者は追わない主義の石黒には尚更だろう。

わかっていた。わかっているはずなのに……。

心に波紋が広がっていく。

「くそ、しっかりしろ、俺」

指名してくれた客は石黒とは違う。反抗的な態度を気に入ったりはしないだろう。従順に務め、しっかり捕まえなければ次はない。

細く息を吐き出した岳斗は、躊躇いを振りきるように浴槽から上がった。

脱衣所の隅には真新しい緋色の襦袢が用意されている。男娼の世話をする者が用意したのだ。

「前の客の匂《にお》いは残すなってことか」

みんなこれで気持ちを切り替えているのかもしれない。

そう思いながらもやや投げやりに髪を乾かした岳斗は、真新しいそれに袖を通した。そして客が待っているであろう部屋に戻ろうとする。

部屋は牢から続く通路に面した客間と布団が常に敷かれた寝室の二間続きだ。浴室やトイレはその更に奥に位置している。客は初め廊下に近い客間で酒を楽しみ、後に奥で男娼を抱くのが普通だった。

客が待っているのは客間だろう。そう思って岳斗が浴室の扉を開けると、客間と寝室の間の襖《ふすま》が閉められていた。そこに帰ったはずの石黒の姿を見つけぎょっとする。

「石黒さん？　何でここに？」

返事はなかった。石黒はただ不敵な笑みを浮かべ、襖で仕切られた向こうの客間を指さす。

どうやら帰るつもりはないらしい。濡れ場を見るつもりなのだろうか？

いくら石黒でも見知らぬ者の濡れ場を覗くことはしないだろう。となると、客は石黒の紹介か知り合いなのだろうか？

ただでさえ嫌悪感が湧いているというのに、石黒に見られると思うと更に嫌さが増す。

岳斗は嘆息して石黒の前を横切り襖の前に膝をついた。

高鳴る鼓動がうるさい。気分が悪くなる。

それでも強張りそうな顔に精一杯の笑みを浮かべ、岳斗は襖を開けた。次の瞬間、息を呑む。

そこにいたのは弟の真冬だったのだ。一ヶ月ぶりに会う弟が、客用の座布団の上で岳斗を興味深げに見ている。

岳斗はあまりの驚きに声が出なかった。ようやく出た声は掠れてしまう。

「真…冬…」

「やぁ、兄さん。元気だった？」

「げっ、元気だったって、どうしてお前、こんなところに」

岳斗は開けた襖もそのままに、四つん這いで真冬の許へ近寄った。真冬はもう一度、岳斗を上から下まで眺め、ようやく笑みを浮かべる。

「どうしてって言われても、兄さんが寂しがってるって言われたから会いに来てあげたんじゃないか。嬉しくないの？」

「嬉しいよ。嬉しいけど、寂しがってるって、一体誰に……」

言いかけて、岳斗は弾かれたように隣の間にいる石黒を振り返る。

石黒は何も言わず口元に弧を描いた。

石黒が仕掛け人だったらしい。いつも岳斗が真冬たちの様子を聞くため、気を利かせてくれたのだろう。しかもわざと『客』なんて言い方で岳斗を驚かせて、本当にやってくれる。

「確かに『客』は『客』だけど、客違いじゃないか」

独り言が漏れたがそれは文句ではない。こんなサプライズなら歓迎だった。

岳斗は満面の笑みを浮かべ「サンキュ」と唇を動かすと、真冬に向き直った。

「それにしても久しぶりだな。元気そうでよかったよ。みんなは？　変わりないか？」

「うん。僕も含めみんな元気にやってるよ。一応」

「一応？」

「組のみんなは石黒さんの組の人に経済の勉強させられてるから。ちょっとげっそりしてる」

「はは……。あいつら勉強苦手だからな。じゃあ、みんなもう藤原会の事務所に？」

「ううん。数人だけ。ウチにある雨水会の事務所を空けるわけにはいかないし、使えないのが事務所にいても困るって石黒さんが。だからあとはウチの事務所でお勉強。ところで兄さんは？」

「俺？　俺は見てのとおり元気だぞ」

「そうかな？　何だか少し痩《や》せた気がするけど。う〜ん、違うか。痩せたというより細くなったんだね。それに雰囲気も変わったみたい」

鋭い真冬の言葉に、岳斗は一瞬言葉に詰まった。

真冬の口調は決して責めているわけではない。岳斗がここで何をしているのかは知っているわけだし、心配しているのだろう。今更隠す必要はないのだが、岳斗にも兄としてのプライドがある。やはり真冬にはここでのことはあまり知られたくなかった。

「そうか？　ずっとこの中にいて色が白くなったからじゃないか？」

「……。ふ〜ん。そういうものなのかな」

真冬はすっと表情を冷たくした。岳斗がここでのことを隠したがっているのに気づいたのだ。

しかし岳斗は気づかないふりをして笑って誤魔化《ごまか》す。

「そういうもんじゃないか？　それより真冬、ちゃんと大学へは行ってるのか？」

「うん。もうだいぶ慣れたよ」

「飯はちゃんと食ってるのか？」

「当たり前だろ」

「掃除は？」

「してる」

「それから……」

「もう、兄さん。僕は子供じゃないんだから、ちゃんとやってるって」

「あっ、そうだよな。悪い。何だか癖で」

「まったく、そういう過保護なところ、全然変わってないんだから」

頬を膨らませた真冬に、岳斗は謝りながらも笑みが零れた。そんな態度は「反省してない」と
また真冬の機嫌を損ねるが、それでも岳斗は頬が弛むのを抑えられない。

まるで一ヶ月前に戻ったかのようなその会話が、態度が、とても懐かしくて胸が痛くて。嬉しくて仕方がなかった。あの頃は気づけなかったが、家族の団欒《だんらん》が当たり前のようにできることがこんなにありがたいことなのだと、改めて幸せを感じる。

こんな場を作ってくれた人に感謝しないとな。

石黒に視線を向けると目が合った。岳斗の気持ちは十分伝わっているようだ。少し偉そうで、でも満足そうな目をしている。そんな石黒の姿に、岳斗の中でまた幸せが色を濃くする。

「ところで兄さん、僕、聞きたいことがあるんだけど」

「聞きたいこと？　何だ？」

この店のこと以外であって欲しいと願いながら、岳斗は首を傾げた。

真冬はちらりと奥の間を盗み見て、「近寄って」と指で岳斗を呼び寄せる。

「ここに石黒さんって来るの？」

「えっ？　ま…ぁ一応な」

仕事についてではないことにほっとしたものの、また答えにくい問いだった。岳斗はすぐに、真冬が妙に石黒に興味を持っていたことを思い出す。

冗談だと言っていたが、あれは本気だったのだろうか？

「それってつまりここで遊んでいくってことだよね？　お気に入りの子なんかいたりするの？」

身を乗り出すように接近して答えを求められ、岳斗は怯む。だが迫られたところで、答えられるものではない。

決してお気に入りではないが、この一ヶ月毎日のように体を重ねているのは誰あろう岳斗自身なのだ。それに「好色」なんて言葉は、やはり兄として弟の耳には入れたくない。

岳斗は視線を逸らして「さあ」と呟いた。

「そんな感じじゃないけど」

「本当？」

「ああ、たぶん」

「じゃあ、好きなタイプとかは？　よく選ぶ子は同じ雰囲気の子だとかそんなのない？」

「えっ、いやどうだろうな。気にしたことないし。それよりお前、それ聞いてどうするんだ？」

「ん？　ちょっとね」

フフッ、と笑みを浮かべた真冬の表情は、岳斗の知らない顔のように思えた。翼が客に向けるのと似たものだ。気になった岳斗が口を開くより早く、真冬が「あっ」と声を漏らした。そして岳斗の体に更に近づく。

「兄さん。いい香りがするね」

「ああ、さっきまで風呂に入ってたからだろ」

「ということは、僕が来る前まで誰かとエッチしてたんだ」

「！」

岳斗はその場に凍り付いた。

以前から真冬は岳斗が度肝を抜かれるようなことを言うことがあったが、今日ほど衝撃を受けたことはない。しかし当の真冬は悪びれた様子もなく、岳斗が着る長襦袢に興味を示している。

「さっきからずっと思ってたけど、これ凄く色っぽいね。下着はつけてるの？　あっ、わけないか。線が出ちゃうし、すぐにヤれないもんね」

「まっ、真冬？」

「いいじゃない、今更隠さなくても。兄さんがここでしていることは知ってるんだから。それで僕は兄さんを嫌いになったりしないよ」

「真冬」

岳斗は再び顔を綻ばせた。

真冬は身を売る岳斗を軽蔑《けいべつ》するような人間ではないと思ってはいたが、やはり心のどこかで不安だったのかもしれない。はっきりと言葉にしてくれて胸がじんとした。

岳斗は真冬を抱き締める。

「やっぱりお前はいい子だな」

「ちょっとやめてよ、兄さん」

「駄目だ。可愛いこと言う真冬が悪い」

言葉では嫌がるものの抵抗しない真冬の肩口に、岳斗は甘えるように顔をグリグリと擦りつけた。これではどっちが兄かわからないと思いつつも、離れがたくなってしまう。

二人の様子に、満足そうだった石黒の表情が次第に曇り、険しくなったのにも気づかずに……。

「岳斗」

「！」

突然聞こえた声に、岳斗は驚きに眉を顰める。

その声は間違いなく石黒のものだった。しかしこれまで石黒が岳斗を名前で呼んだことは一度もなかったのだ。名前を覚えていたことすら岳斗にとっては意外だった。

なぜ急に？

岳斗が振り向くと、石黒は薄く笑みを浮かべたまま、手招きをしていた。

「真冬、悪い。ちょっと待っててくれ」

真冬が頷くのを待って岳斗は石黒の許へ歩み寄った。そして「ここに座れ」と導かれるまま石黒の横に腰を下ろす。

待たせている真冬のことが気になったが、岳斗の位置からは襖が邪魔で姿が確認できない。

なかなか用件を話そうとしない石黒に、岳斗は次第に焦《じ》れてくる。

「一体何の用なんだ」

少しぶっきらぼうにそう言いながらも真冬の様子が気になって仕方がない岳斗は、つい腰を浮かせてしまった。しかし次の瞬間、その体勢のまま凍り付く。石黒の手が裾を割って岳斗の太股に触れたのだ。その手は尻に伸ばされ、指が蕾に押し入ってくる。

「なっ、何?」

岳斗は慌てて石黒の手を拒んだ。だがその手はびくともしない。更に奥へと伸ばされる。先程まで石黒の性器を含んでいたそこは、指など容易に呑み込んだ。

「やめろって!」

「静かにしろ。隣に聞こえるぞ」

「くっ……だったらお前がやめろ」

「それはできないな」

「んっ!」

奥まった感じる部分を石黒の指で擦られ、ぞくんと快感が走った。

このまま弄ぶつもりだろうか、と岳斗はますます焦ったが、石黒はすぐに指を引き抜き、代わりに柔らかい感触のものを蕾に押し当てる。ツプンッ…と岳斗の窄まりに吸い込まれたその球状の感触は、岳斗のよく知っているものだった。

「何入れてるんだよ」

「媚薬だが?」

「そうじゃなくて、何で入れるんだって言ってるんだろ」

声を荒げると「兄さん?」と訝しむ真冬の声が聞こえた。慌てて口を閉ざした岳斗に石黒はククッと意地悪く声を揺らす。

「愛しい弟が待ってるぞ。戻ってやらなくていいのか？　ん？」

「来いって言ったのはお前なんだけど」

「そうだったか？」

「……こいつ」

岳斗は石黒のネクタイを摑んだが、再び真冬に呼ばれて手を離した。

「後で覚えてろよ」

「ああ、楽しみにしてる」

「っ」

ペロリと淫らに舌舐めずりされて、岳斗は反射的に体が震えてしまう。まだ媚薬の玉は割れていないはずなのに、石黒に慣らされた体が恨めしい。

それを悟られたくなくて冷たく視線を逸らし、岳斗は真冬の許に戻った。

その足取りはぎこちない。真冬の前で力んで媚薬を割るわけにはいかないからだ。

「兄さん」

ほんの数分席を外しただけだったが、真冬にしては長かったのかその声に安堵の色が滲む。知らない場所で一人にしてしまったことに、岳斗は罪悪感を覚える。

「悪いな、一人にして」

「もういいよ。それで、石黒さん、何の用だったの？」

「ん、いや、ちょっとな」

まさか媚薬を入れられたとは言えない。

言葉を濁した岳斗だったが、真冬は気に入らないといった顔で、岳斗を見る目が一瞬鋭くなる。

「ふ～ん、そう。まぁいいや。ところで、兄さんって石黒さんに名前で呼ばれてるんだね」

「えっ？」

「そんなに仲よくなってたなんて、僕知らなかったよ」

「いや、別にそういうわけじゃないけど」

「でも名前で呼ぶって、そういうことじゃない？」

「だから、それは今日あいつがいきなり……」

あまり嬉しくない方向に会話が進み出し、岳斗は遮るように真冬の肩に手を置こうとした。しかしそれが仇となる。体に力が入り、媚薬が岳斗の中で弾けてしまった。

「っ」

じんわりと広がる感触に岳斗は体を震わせてしまう。

最悪なことに、それは強力な即効性の媚薬だったらしい。早くも体が疼き始めた。

「はぁ……」

普通にしているつもりが、吐息が熱を持つ。

「兄さん？」

真冬も岳斗の異変を感じ、首を傾げていた。岳斗は正気を保とうとするものの、媚薬の力が強すぎてどうにもままならない。股間は既に反応し、鎌首を擡げていた。

この一ヶ月さんざん媚薬を使われ耐性ができてきたとはいえ、一度スイッチが入ってしまえば岳斗は快感に喘いでしまう。そしてそのスイッチはもう入っていた。

せっかくの真冬との再会だ。本当はもっと話をしたい。だが、もう限界だった。

「真冬……」

弟を呼ぶ声に艶が滲む。

岳斗はそんな自分を叱咤するも、震えを抑えることができない。

「悪い。急に…体調が悪くなったから……。今日は帰ってくれるか？」

「……わかったよ」

思いのほか、真冬はすんなり頷いた。そして「また来るよ」と言い残し、そのまま部屋を出ていく。何の疑念も抱いた様子なく閉められた障子に、岳斗はほっと胸を撫で下ろした。

しかしそれも束の間、狙い定めたように媚薬の効果が岳斗を襲う。

「はっ、あぁぁぁっっ！」

たまらない快感に岳斗はその場に崩れ落ちてしまった。石黒が近寄ってきたのも意識に入っていない。

「やっ……こんなの……おかしく…なる……」

「なれよ」

背後から伸ばされた石黒の指が岳斗の頬に触れた。

「なっ……」

「そのために、俺がせっかく連れてきた弟を帰したんだろ?」

「誰が……そうしたんだよ……この鬼畜が…」

岳斗は強く石黒を睨んだが、快感に潤んだ目では迫力はない。いや、本気で憤っていないから尚のことだろう。

こんなに酷い仕打ちを受けているというのに、岳斗自身も不思議だった。

ただ以前より柔らかくなった表情や、頬に温かく触れる指先が、岳斗から怒りを奪っていく、そんな感覚がして……。

「さあ、約束どおり楽しませてもらおうか」

楽しそうに忍び笑いながら、石黒は岳斗の背後から覆い被さった。そして猛ったペニスを濡れそぼった蕾に押し当てると、岳斗の体を膝の上に抱きかかえる。

「ひっ!」

硬い石黒のペニスが一気に岳斗の蕾を貫いた。ゾクゾクと体中で弾ける甘美な刺激に我慢なんてできない。

「やっ、あっ、あぁぁ――――っ！」

岳斗はガクガク身悶えながら、快感の飛沫を噴き上げてしまった。

休む間も与えず、石黒はぐったりとした岳斗の腰を摑み、揺らし始める。

それはいつもの行為と変わらない。だからこそ岳斗は気づかなかった。石黒がまるで障子に見せつけるように岳斗を抱いていることに。

そして、真冬が閉めたはずの障子が微かに開き、嫉妬の視線が向けられていることにも……。

◇◆◇

「岳斗《たけと》、面会だって」

そう男娼《だんしょう》が言いに来たのは、まだ営業が始まっていない昼間だった。部屋で翼《つばさ》と話をしていた岳斗は、思い当たる節がない相手に首を傾《かし》げる。

面会者と言われて浮かぶのは真冬《まふゆ》の姿ぐらいだが、昨日会ったばかりだ。雨水《うすい》会の男たちには、岳斗がここに入る前に来るなと言い渡している。

しかし無視するわけにもいかず、岳斗は翼に断りを入れて裏口へ向かった。

正面玄関から入れるのは客だけに限られている。関係者などは裏口に通される決まりだった。

裏口とはいえ料亭の玄関のような綺麗《きれい》な作りになっており、入ってすぐのところには『面会室』

と呼ばれる洋風の応接間がある。男娼が逃げないように面会室に窓はなく、その入り口と玄関の両脇には屈強な黒服が目を光らせていた。

岳斗はこの部屋に入るのは初めてだった。

「一体誰《だれ》なんだ？」

得体の知れない相手に少し警戒しながら、岳斗は面会室の扉を開けた。しかしソファーに座る真冬の姿を捉え、目を丸くする。そんな岳斗の驚きを一笑し、真冬が口を開いた。

「やあ、兄さん。約束どおりまた来たよ」

「また来たよって……」

「ごめん、迷惑だったかな？」

「いや、会いに来てくれて嬉《うれ》しいよ」

シュンとなった真冬に、岳斗は取り繕うように笑みを浮かべた。

嬉しいのは間違いない。昨日は石黒《いしぐろ》の悪戯《いたずら》で急に帰すことになり気にかかっていたのだ。ただ、まさか昨日の今日で来るとは思わなかったが。

岳斗は真冬の正面に腰を下ろす。

「昨日は悪かったな、突然追い出して」

「いいよ、別に。それで体はもう大丈夫なの？」

「えっ、あっ、ああ。一晩寝たらもうすっかり」

まさか媚薬《びやく》のせいだとは言えない。

誤魔化《ごまか》すように視線を逸《そ》らした岳斗に、真冬はにっこりと微笑《ほほえ》む。それは安心したという笑みではなく、わざとらしさが滲《にじ》むものだったが、岳斗は気づかなかった。

「そう、それはよかったね」

「もしかして、俺《おれ》の体を心配して来てくれたのか？」

「まぁ、それもあるけど。………実はお願いがあって」

「俺に？」

急に言いにくそうにしながら頷《うなず》いた真冬に、岳斗は顔を綻《ほころ》ばせた。

子供の頃《ころ》と違い、大人に近づいた近年の真冬は、岳斗をどこか鬱陶《うっとう》しがっているところがあった。つい母親のように口うるさく言ってしまうからだろう。

気持ちはわかるものの、少し寂しく思っていたのだ。

その真冬が自分を心配して来てくれた。しかも頼ってくれる。嬉しくないはずがなかった。

「何だよ。水くさいな。俺にできることなら何でもするぞ」

「でも、きっと兄さん怒ると思うし」

「怒るようなことなのか？」

「たぶん」

「とりあえず言ってみろよ。なるべく怒らないようにするからさ」

「そう？　じゃあ、僕もここで働かせて」

「えっ……」

思いがけないセリフに、岳斗は笑顔を凍り付かせた。

一瞬の間の後、岳斗は戸惑いに唇を震わせる。

「働かせてってどういう……」

「言葉どおりだよ。僕もここで兄さんのように体を売って働きたいんだ」

そんな……、と呟《つぶや》いた言葉は、ショックのあまり声にならなかった。

何かの悪い冗談だろうか？

そう願って真冬を見つめたが、冗談を言っている顔ではない。

真冬はここがどういうところで、岳斗が何をしているのかもすべて知っている。それにもかかわらず、なぜこんなことを言い出すのか、岳斗には理解しがたかった。

昨日岳斗が体調が悪いと言ったから自分が代わりにと思ったのだろうか？　まさか興味本位で？　いずれにしても許可なんてできない。できるはずがなかった。

「駄目だ」

青い顔で言いきった岳斗に、真冬は溜息《ためいき》を返す。

「やっぱり怒ったじゃないか」

「当たり前だろ。ここはアルバイト感覚で働く店じゃないんだ。それに、理由もなくできる仕事でもない」

「理由ならあるんだけどなぁ……」

「何だ？」

「言わない」

軽い口調とは裏腹に、真冬は挑むような目を岳斗に向けた。その迫力に岳斗はよほどの理由があるのかもしれないと考える。

だが、どんな理由があろうと頷くわけにはいかない。兄として、いや、桜木《さくらぎ》家の当主として当然だ。

「駄目だ。帰りなさい」

有無を言わさぬ岳斗の声色が、再び真冬の嘆息を誘う。

「わかったよ」

「そうか」

「兄さんが相変わらずなのはよくわかった。だからまた来るよ」

「えっ」

「誰が諦《あきら》めるなんて言った？　僕は諦めないよ。絶対にここで働いてみせるから。それまで何度でも会いに来てあげるよ。兄さん」

「真冬、ちょっと待て」

挑発的な笑みを浮かべ、真冬は腰を上げた。岳斗は慌てて引き止めるが、真冬は振り返ろうともせず部屋を出て行く。

岳斗の視線を断ち切るように、静かな音を立ててドアが閉まった。

しばらく呆然《ぼうぜん》と立ち尽くしていた岳斗だったが、やがて小さく息を吐き出した。そしてソファーに体を投げ出す。

背もたれに寄りかかって腕で目を覆うと、先程見た真冬の挑むような表情が思い出された。

「あんな顔するなんて」

それほど、ここで働きたい理由があるのだろうか？

本来ならその理由を聞くべきだったのだろう。だが、感情が先走ってしまった。翼たちを見ているからこそ、どうしても頷きたくなかった。

「情けないな……」

漏れた苦笑はすぐに溜息に変わった。

真冬はまた来るだろう。

その時、自分は冷静に話を聞けるだろうか？　そして真冬を説得できるだろうか？

岳斗の口から、また憂鬱《ゆううつ》な溜息が漏れた。

深夜をすぎて石黒は『蘭華楼《らんかろう》』に姿を現した。相変わらず男娼たちと好色なコミュニケーションを取りつつ、岳斗に近づいてくる。

「お前は一ヶ月たっても相変わらず残ってるのか。いつになったら俺に稼ぎを入れるつもりだ？」

「うるさいな。文句だったら俺を選ばない客に言ってくれ」

「いっそのことセール中の札でもつけるか」

軽く睨《にら》んだ岳斗の視線を気持ちよさそうに受け止めながら、石黒はククッと意地悪く忍び笑った。そして黒服に通路への柵《さく》を開けさせると、誰に断ることなく岳斗の部屋に向かう。

ふとその横顔に違和感を覚え、岳斗は首を傾げた。

気のせいか、その表情がいつになく冴《さ》えないように感じられたのだ。

「なぁ、何かあったのか？」

岳斗の声に石黒が歩みを止めた。一瞬の間の後、その背中が振り返る。

「別に何もないが。なぜそう思うんだ？」

「いや、特に理由はないけど、疲れてるのかなと思って」

「……そうか」

微笑んだ石黒はやはりいつもと違っているように思えた。だがさっきより少し嬉しそうな感情がプラスされていた。気遣われたのとわずかな変化を読み取られたことが嬉しい、そんな表情だ。

やはり何かあったのかもしれない。

組のことなのか、それともプライベートでのことなのか。

気になるもののそれを追及していい立場でもなく、岳斗は先を行く石黒を追って部屋に入ろうとした。しかし、不意に引田《ひきた》に腕を掴《つか》まれる。

「岳斗、ちょっと」

不機嫌な引田の態度に、岳斗は先の言葉を悟った。そして眉《まゆ》を顰《ひそ》める。

「こんな時間にですか？」

「ええ、そうよ。ちょっといい加減にどうにかしなさい。こう毎日だと目立つし、今日みたいに営業時間に来られるなんてもってのほかよ」

「すみません。……ったく、真冬の奴」

真冬がこの店で働きたいと言ってきたのは三日前のことだ。それから毎日、真冬は岳斗の許《もと》を訪ねてくる。

だが、岳斗は真冬と顔を合わせていない。真冬が現れたら追い返してもらうよう引田に頼んでいるのだ。そのため真冬は店の中に入ることもできず、黒服に追い返されていた。

会わないで追い返すなんて卑怯《ひきょう》だと思う。真冬の理由も聞いて、話し合って、諭すのが筋だとわかっていた。

だが、岳斗には冷静でいられる自信がない。もし真冬の言う理由に正当性があったとしても、頭ごなしに叱《しか》りつけてしまいそうだった。

他の人間ならこんな弱気にはならないのだが……。

岳斗にとって真冬は特別なのだ。真冬が生まれると同時に亡くなった母に代わり、ずっと岳斗の手で育ててきた。それ故、どんな危険からも遠ざけたいと思ってしまう。

過保護すぎることも、弟離れできていないのも認めている。それでも大切で、今はもう一人しかいない肉親だった。

だからこそ、会わないことで諦めてくれることを期待したのだが、逆効果だったらしい。真冬は見た目と違って頑固で根に持つタイプであることを思い出す。これまでは営業時間外に来ていたのに急に深夜の営業時間に訪れたことが、痺《しび》れを切らした表れだろう。

今日こそは会って説得しなければいけない。

そう腹を括《くく》った岳斗だったが、石黒が来たばかりだ。真冬と本格的に話すならば時間がかかるだろう。その間、石黒を待たせることになる。かといって石黒を優先させれば、執拗《しつよう》な情事がいつ終わるのか定かではない。何より疲れきった体で真冬を説得できるものだろうか。

やはり明日来るよう真冬に言って今日は帰らせよう、岳斗はそう決める。もっとも、これまで無視してきた岳斗の言葉を、真冬が信じて素直に従うかは疑問だが……。

「どうした」

視線を彷徨《さまよ》わせる岳斗に気づいたのだろう。いつもの客間の席に腰を下ろした石黒が訝《いぶか》しげに声をかけた。部屋の入り口の障子の前で立ったままの岳斗は困った顔を向ける。

「いや、こっちのことなんだ。気にしないでくれ」

「そんなところで突っ立って、こそこそされて、気にするなはないだろ」

「あ……そうだよな。悪い。……実は真冬が、弟が来てて」

「弟？　あいつか」

石黒の表情が曇った。以前にはなかったその反応に、岳斗は二人が接触していることを悟る。

「まさか、あいつ石黒さんのところにも？」

「まあな」

「ったく、あいつは。石黒さん、真冬が何を言おうと気にしないでください。男娼になりたいなんて、あいつここの仕事を舐《な》めてるんだ」

「男娼？　何のことだ？」

「えっ？　あいつ、男娼になりたいって言いに行ったんじゃないのか？」

眉を顰めた石黒に、岳斗もまた首を傾げた。石黒は岳斗の問いに対し何も答えなかったが、真冬が何か別の目的で訪ねたのは察せられる。

一体何をしに石黒の許を訪れたのか。男娼になることでないならば岳斗には見当もつかない。

石黒は考え込んでいる。その表情は決して穏やかなものではなかった。

しばしの沈黙の後、先に口を開いたのは石黒だった。

「とにかくここへ連れてこい。お前は話がしたいんだろ？」

図星を指され、岳斗は「まぁ」と言いつつもそれ以上の即答は避ける。

確かに話をしなくてはいけない。だが、前回とは違い、真冬は石黒が連れてきた客ではないのだ。ただでさえ雨水会の面倒を見てもらっているのに、これ以上甘えたくはない。

しかしそんな岳斗の心の中を読んだかのように、石黒は引田に声をかけた。そして慌てる岳斗をよそに、真冬を呼ぶよう言付ける。

「ちょっと、待てって」

「遠慮するな。言ったはずだぞ。甘えるのも男娼の仕事だってな」

「そうだけど」

お前にこれ以上借りを作るのは嫌なんだ、とはさすがに言えなかった。

遠ざかる引田の足音を聞きながら岳斗は心の中で嘆息する。

三日前、真冬が来た後も岳斗と石黒の関係はその前と変わらず良好だ。最近の石黒は岳斗の部屋に他の男娼を呼ばず、必然的に二人でいる時間が長くなる。かといって一時期のようにただ体を重ねるだけではなかった。

たわいのない話をし合い、冗談を言い、笑い合う時間。

それは岳斗にとって、とても居心地のよい時間になり始めていた。石黒も岳斗の前ではリラックスしているのがわかる。そして岳斗はそれが嬉しかった。

客と男娼ではなく、まるで友人になれたように感じられて……。

だからこそ、少しでも対等でありたいと願う。

買われている男娼の身で対等などあり得ないのはわかっている。

だが、頼るだけの立場ではいたくないのだ。他の男娼と同じ存在になりたくない。『蘭華楼』の男娼ではなく『桜木岳斗』として石黒に接したい。そう思っているのに……。

石黒は甘やかすのが上手《うま》すぎて、どうすればいいのかわからなくなる。

「どうした。そんなに見つめて。もう抱いて欲しいのか？」

「色情狂のお前と一緒にするな」

「言っておくが最近はお前としかやってないぞ」

「えっ？」

「どうして驚く。当然だろ。どれだけここにいると思ってるんだ」

「考えてみたらそうだな」

「まぁ、そういう俺も自分で驚いたがな。だが、お前とやりすぎて他で出す必要がないからか、不思議と他を抱く気にもならない。考えてみたらこんなに長く一人のところに通ったのは初めてだ」

何と返していいのかわからず、岳斗は「そうか」とだけ呟いた。石黒もそこで言葉を切り、ただ頬《ほほ》を弛《ゆる》めている。それは無意識に見せる石黒の素の表情だった。

岳斗は一瞬真冬が来ることも忘れて、二人だけの時間に浸る。

穏やかで心待ちにしていた時間だ。

ほどなくして黒服に案内され、真冬が到着した。

真冬は石黒がいることに驚かず、「こんばんは」と可愛らしい笑みを向ける。

その様子に岳斗は違和感を覚えた。真冬はまるで石黒がいることを知っているかのようだったのだ。思わず石黒に目を向けると、そこに今さっき岳斗と話していた時の穏やかな表情はなかった。他の男娼に向ける飄々《ひょうひょう》とした好色家のそれになっている。

石黒は真冬に「ああ」と薄笑いを浮かべ、手酌で酒を飲み始めた。

だが、岳斗にはいつもの石黒に比べ、どこか素っ気ないように感じられた。真冬を避けている、そう見えてならない。おそらく最近長く一緒にいた岳斗だから気づく程度のものなのだが……。

二人の間に何かあったのか？　事務所で何を話していたのか。

岳斗の胸の奥が微《かす》かに軋《きし》んだ。

「兄さんも、随分久しぶりだね」

棘《とげ》を感じる真冬の言葉に、岳斗は我に返った。そして真冬の腕を摑んで奥の間に引っ張り込む。

「『久しぶり』じゃない。こんな時間に訪ねて来るなんて何を考えてるんだ」

「だって、いつ来ても兄さんは会ってくれないんだもん。深夜なら、冷たく追い返されることもないかと思って。だいたい、せっかく来てあげてるのに顔も見せず黒服に追い返させるなんて卑怯だよ」

岳斗に無視され続けたことをかなり根に持っている。もっともなことだけに岳斗は言い返せない。だが、ここで折れるわけにはいかなかった。

「真冬、何度も言うけど、俺はここに遊びに来てるわけじゃないんだぞ」

「わかってるよ、そんなこと」

「わかってない。だから働きたいなんて簡単に言えるんだ」

「わかってるって。こっちこそ何度言えばいいの。ここは遊郭。男の人が若い男を買って抱く店でしょ？」

「ああ、そうだ。確かに言葉で言えばただそれだけの場所かもしれない。だが、頭でわかっているのと、実際に働くのではまったく違うんだ。わかっているのか？　会ったばかりの男に抱かれるんだぞ？　しかもただ抱かれるだけじゃない時もある。酷《ひど》いことだってされるんだ」

「それ、兄さんの経験？」

「真冬」

明らかに茶化している真冬の言葉に、岳斗は声を荒げそうになった。落ち着けと自分に言い聞かせて堪《こら》えるが、心の奥に淀《よど》んだ感情がじわりじわりと溜まっていく。

だが、相手に言いたいことがあるのは真冬も同じらしい。二人の表情は次第に硬くなる。

「真冬、ここにいるみんなはそれぞれわけがあって働いているんだ。表面上は明るくしているけど、決して好きで体を売っているんじゃない」

「そんなのわかってるって。僕だって知らない男になんか抱かれるのはごめんだよ」

「だったら」

「でも、僕にはここで働きたい理由があるの。それに、その『好きで体を売っているんじゃない』って話、みんなに聞いたわけ？」

「……いや、でも」

「だったらわからないじゃない。本当にそう思っているのか」

「何？」

「最初は嫌々でも、中には別の目的を見つけちゃった奴もいるかもよ。たとえば、将来有望な男や金持ちを誑《たぶら》かして、ここを出た後に一儲《もう》けしようと企んでいるとか」

「真冬、お前まさかそんなことを……」

「たとえばって言っただろ？　でも本当に兄さんが言うとおりなのか怪しいもんだよ。だって現実がそんなに綺麗なはずないもの。兄さんがここの人たちとどんな付き合いなのかは知らないけど、本当にその人たちのこと理解してる？　どうせ甘えられて『守ってやらなきゃ』なんて過保護に思ったんじゃない？　彼らは彼らのいいように兄さんを使ってるだけだよ」

「やめるんだ、真冬」

「ここでの仕事だって本当に嫌なのかどうか。実は男好きだったり……」

「いい加減にしなさい！」

岳斗はたまらず手を振り上げた。

叩《たた》かれると思っていなかったのだろう。真冬は酷く驚いていた。しかし、やがて叩かれた頬に手を当てると反抗的な目を岳斗に向ける。

できかけていた二人の間の溝を広げてしまったことは明らかだった。

冷静になろうと思っていたはずなのに、と、岳斗は己の不甲斐《ふがい》なさに唇を噛《か》む。

だが、どうしても真冬を黙らせたかった。怒りではない。これ以上悲しいことを言って欲しくなかったのだ。叩くことが正しかったとは思わないが……。

真冬は、時折驚くほど辛辣《しんらつ》なことを言う。だが今までここまで人を傷つける言葉を並べたことはない。

そうさせてしまったのは岳斗だろう。真冬が訪ねてきた時、しっかり話を聞かなかったから。そして、向き合うのを避けて追い返したことが更に真冬を苛立《いらだ》たせてしまった。

ふと、岳斗は石黒の視線を感じた。盗み見ると鋭い眼差しで真冬を見据えている。岳斗に気づくとすぐにいつものものに戻ったが。

いつまでも放置された上に、突然の兄弟喧嘩《げんか》を見せられて気分を害したのだろう。

そう勘違いした岳斗は「しっかりしろ」と自分に活を入れる。

ここは自宅ではない。石黒に貰《もら》った時間なのだ。いつまでも堂々巡りをしているわけにはいかなかった。

「真冬、どうしてそんなにここで働きたいんだ？」

落ち着きを取り戻した岳斗に、真冬は一瞬目を合わせた。しかしすぐに逸らしてしまう。叩かれて更に頑になってしまったようだ。

岳斗は焦らず、真冬の横顔をしっかり見据える。

「働きたいのには理由があるって言ってただろ？　それ、話してくれないか？」

「……」

「話してくれないと俺は絶対に許可はできない。もちろん話してくれても、いいって言う約束はできないけど……。でも」

「……だからだよ」

「えっ」

「石黒さんが来るから。僕、石黒さんが好きなんだ」

「！」

ふてくされたように呟かれたセリフに、岳斗は言葉を詰まらせた。

「石黒さんを……好き？」

言葉にするだけでは呑《の》み込めず、もう一度心の中で繰り返すと、一気に衝撃が襲ってくる。

真冬が男を……石黒を好きだなんて……。

信じられなくて目眩《めまい》がした。

しかし思い当たる節がないわけではない。先日、真冬は石黒のことばかりを岳斗に尋ねてきた。それに、岳斗が初めて石黒と会ったあの時、真冬は彼を「好みだ」と言ったのだ。「僕も遊んで欲しい」とも言っていた。

その時の岳斗には男同士の恋愛や体の関係など、異世界のことだった。だから頭ごなしに否定して、冗談なのだと自己完結してしまったのだが……。

今考えると、ノンケの男が同性を見て「好みだ」という言葉が出てくるのはおかしい。それに昔からもてていたにもかかわらず、真冬が家に彼女どころか女性を連れてきたことはなかった。中学から男子校に通っていたためだと思っていたが、もしかしたら、真冬は同性愛者だったのだろうか？

それとも石黒が特別なのか？

あの時石黒に一目惚《ぼ》れして、それでこんなところまで追いかけて来るほど好きになったのか？

突然の告白に頭と気持ちが酷く混乱している。それが、弟が男を好きだからなのか、相手が石黒だからなのか、よくわからない。

「そう……だったのか」

ようやく出た声は戸惑いに掠《かす》れていた。そんな自分に気づいて岳斗は冷静を装う。

石黒は黙々と酒を嗜《たしな》んでいた。しかし岳斗はやはりその表情に不機嫌さを感じ取る。いつまでも二人が話しているのが気に入らないが、我慢している顔だ。真冬の告白は聞こえなかったのか、聞こえないふりをしているのか。

岳斗は声を潜める。

「だからここで働きたいのか」

「うん」

「でも、だったら尚更ここで働かないほうがいいんじゃないか？　会いたいなら事務所に行けばいいことだし、わざわざこんな仕事をするまでも……」

「行ったよ。好きだとも言った。それも何度もね」

「えっ」

「でも、いつも軽くあしらわれて終わり。ガキはお勉強してろって、まるで本気にしてくれないんだよ。こっちは本気で告白してるのにね」

軽口を叩くように真冬はさらりと言い放った。だがその表情は冴えない。

昔から引く手あまたでプライドも高い真冬だ。自分から告白するなど珍しいだろう。断られたことはないに違いない。

そんな真冬が断られた。しかも一度だけでなく何度も。

そう思うとかける言葉が見つからず、岳斗は再び言葉を詰まらせた。

先程、石黒と話が噛み合わなかったことが思い出される。真冬は岳斗には男娼になりたいと言ったが、石黒には告白をしていたのだ。これで真冬の名前を出した時、石黒の表情が曇ったことも納得ができる。

　来る者拒まずな石黒だが、素人には手を出さないらしいと他の男娼から聞いたことがある。素人は後々面倒になることが多いからだそうだ。だから玄人の女やここの男娼と遊んでいくのだと。

　おそらく初めは真冬の告白を軽く受け流していた石黒も、何度も言い寄る真冬を迷惑に思い始めていたのだろう。

「簡単に落ちない人だってことはわかってるよ。だから一度振られたぐらいじゃめげない。でもこう何度も振られて、今では何だか鬱陶しがられちゃって……。諦めればいいって思いもしたけど、どうしても諦めきれないんだ」

「……」

「だからここで働きたいの。僕だって馬鹿なこと言ってるのはわかってる。でも、今は少しでも彼の側《そば》にいたいんだ。石黒さんは玄人には優しいんでしょう？　だからここにいたら邪険にされたりしないよね？」

　確かに真冬の言うとおりだ。事実、岳斗は毎日顔を合わせ、体を重ねている。

　もし真冬がここで働くことになれば、石黒は他の男娼と同じように接するに違いない。つまりそれは真冬と石黒が……。

「それに、石黒さんに抱いてもらうこともできるかもしれないし」

「！」

ドクンと心臓が嫌な音を立てた。

石黒が男娼と体を重ねる。

つい先日まで、それは見飽きた光景だった。この店で石黒と体の関係がない者を探すほうが難しいだろう。

だが、凄《すご》く嫌だ。

なぜ今更、自分でもそう思う。理由なんかわからない。

ただ、石黒が真冬を抱く。そう考えただけでぞっとする。想像もしたくない。

岳斗は逆らいがたい嫌悪感に首を横に振った。

真冬の表情に鋭さが戻る。

「また駄目だって言うの？　どうして、彼が好きで側にいたいのが悪いこと？」

「好きならもっと他の手段で側にいようと努力すればいいだろ。側にいたいから、抱かれたいから体を売るなんて間違ってる。そんなの惨めなだけだぞ。それにここにいたら相手をするのは石黒さんだけとは限らない。俺はお前にこんな仕事はさせたくないんだ」

「間違ってるとか、惨めとか、僕にこんな仕事をさせたくないとか。みんな兄さんの勝手な考えじゃない。僕がやりたいって言ってるんだから、放っといてよ」

「放っておけるわけないだろ。駄目と言ったら駄目だ。俺は許さない」

真冬があからさまに溜息をついた。そして岳斗に冷たい目を向ける。

「……もういいよ。やっぱり初めから兄さんの意見なんて聞かなければよかった。兄さんはいつもそうだ。自分の思いどおりに僕を動かしたがる。兄さんに相談しないと可哀相《かわいそう》かもって思った僕が馬鹿だったよ」

「どういうことだ？」

「元々、兄さんの意見は必要ないってこと。だって雇ってくれるのは兄さんじゃないでしょ？」

「雇ってくれるって……まさか」

ふっと含みのある笑みを浮かべ、真冬は岳斗に背を向けた。その足は石黒の許に向かっている。石黒に雇ってくれるよう交渉するつもりだと悟った岳斗は、客間にいる石黒を見た。すぐさまかち合った視線に、岳斗は真冬の後を追いながら首を横に振る。

許さないでくれ。

確かにそう伝えた。石黒にならら伝わると思った。

だが次の瞬間、石黒は苛立ちを露《あらわ》にした目で岳斗を睨む。

なぜ睨まれるのか、岳斗は戸惑う。

放置しすぎたから？　それとも兄弟喧嘩を見せたからだろうか。

いや、そもそもこれしきのことで石黒が不機嫌になることがおかしい。いつもの石黒なら兄弟喧嘩を楽しんで、横やりでも入れてきただろう。

だが今日は何もせず、岳斗たちの様子を窺《うかが》っているだけだった。真冬には探るような目を向け、岳斗を見る時は納得いかない顔で苛立たしげにしていた。岳斗に向けられたその不機嫌な目は、責めているようにも、嫉妬《しっと》しているようにも思えて……。

理由のわからないその表情に嫌な予感がしてならない。

真冬が隣に座ると、石黒はそれらの表情を消した。視線は杯《さかずき》へと向けられている。

座布団に座る石黒の太股《ふともも》に己の膝《ひざ》を触れ合わせて正座した真冬は、自分をまだ見ようともしない男を上目遣いで見上げた。

「ねぇ、石黒さん。僕もここで働きたいんですけど。駄目ですか？」

可愛らしく小首を傾げた真冬に、石黒は何も言わなかった。

断ってくれるのだろうか。

岳斗が期待した時、杯に入っていた酒を飲み干した石黒はそれを放り出した。そして、真冬の顎《あご》を乱暴に掴む。

「お前をここでか？」

頷く真冬を見る石黒の表情は酷く冷めていた。岳斗へ向けられた苛立ちや怒りとも違う。真冬の心の中を覗《のぞ》き、しかし己の心情は読み取らせない目だ。

「ふ〜ん」

唸《うな》った石黒が岳斗と真冬を交互に見比べる。

品定めをするその視線に、岳斗は不安を煽《あお》られた。それは完全に商売をするヤクザの顔になっていた。

もしかして……。

祈るような気持ちで待つ岳斗の目の前で、石黒がその唇に弧を描く。

「いいだろう。雇うよう、オーナーに言ってやる」

耳に飛び込んできたその言葉に、岳斗は愕然《がくぜん》とした。

どうして。

その言葉すら出ない。体に力が入らない。

岳斗の中で石黒との間に形成されたと思い込んでいた何かが、音を立てて崩れ落ちていく。

「本当に？」と顔を綻ばせる真冬の姿も、いつもの色男の顔で頷く石黒も遠くに感じられた。

「随分余裕だな。マスることすら恥じてた兄貴とは大違いだ」

「兄さんなんかと一緒にしないでください」

「ほぉ、それはどういう意味だ？」

「それは、石黒さんが僕の初めてのお客さんになってくれたらわかると思いますけど」

クスッと可愛さの中に妖艶《ようえん》さを滲ませた笑みを浮かべ、真冬は己のシャツに指を伸ばした。

躊躇《ためら》うことなく服をすべて脱ぎ去った真冬は、石黒の膝を跨《また》いで乗りかかる。小刻みに動く腰は石黒の股間《こかん》を刺激していた。もっとも、石黒はまったく反応を示さなかったが。

「僕じゃ不服ですか？」

「いや、楽しめそうだ」

そう答えた石黒は真冬を涼しげに見下し、岳斗へは意味深な目を向ける。

「じゃあ、決まり」

真冬は萎《な》えてはいるがどっしりとした性器を石黒のズボンから取り出した。そして膝立ちで腰を浮かせ、慣れた仕草で部屋に常備されている平たい器に入ったクリームに手を伸ばす。

真冬は細い指にたっぷりと取ったクリームを自分の尻《しり》に塗り、そのまま石黒の性器に押し当てた。その姿は岳斗が見た、男娼の姿そのもので……。

「んっ、あぁぁぁっ！」

あられもない真冬の嬌声《きょうせい》に、岳斗はビクリと体を震わせた。

立ち尽くしたままの岳斗などお構いなしに、真冬は石黒の性器をすべて呑み込むと、自ら腰を動かし始める。その表情には少し苦しさが滲んではいるものの、快感を得ているそれだった。

とても初めてとは思えない。初めて男を受け入れてあんなに平然としていられないのは、岳斗自身がよく知っていた。真冬のそれはとても慣れたものだ。

「これはとんだ弟だな」

「それって合格ってことです？」

「ああ、随分稼いでくれそうな体だ」

「兄さんよりいい体ってことですよね」

「……さあな」

鼻で笑った石黒の声色にプライドを傷つけられた真冬は一瞬顔を引きつらせる。しかしすぐに男娼顔負けの妖艶な表情で腰を動かし続けた。

「だったら僕でイかせてあげますよ」

「まぁ、がんばれや」

石黒は相変わらず涼しい表情だったが、真冬の腰に手を当てて律動を速めていた。

そこに躊躇いなどまったく感じられない。真冬が岳斗の弟だということも、兄である岳斗が見ていることも忘れてしまったかのようだ。

いや、石黒は岳斗のことなど考えていないだろう。元々こういう男だったのだ。好色で節操がなく、来る者を拒まない。抱きたければそこがどこであろうと、それが誰とどういう関係の人間であろうと構わず体を重ねる。特定の誰かを作ることはない。

よくわかっていたはずなのに……。

いつから自分は違うなんて思い始めたのだろう。

石黒が岳斗を買うのは数いる男娼の中から選んだわけではない。ただ岳斗がいつも売れ残っているからだ。

石黒がリラックスしていたのも、どうして自分の前だけだなんて言える？　優しいのもきっと岳斗がここで働いているからだ。

友人のような関係なんて、まるきり存在しなかった。対等になんてなれるはずがない。

石黒にとって岳斗は初めから男娼の一人でしかなかったのだから……。

真冬の言うとおりだと、岳斗は心の中で呟く。

何もわかっていなかった。自分に都合のいいように考えて、押し付けて……。真冬が石黒を好きだなんて気づきもしなかった。ここで自分が働けばみんなを守れると、真冬が幸せになれると思い込んでいた。

でも、違った。

守っていたはずの真冬は男娼になりたいと言い、男と体を重ねている。信じてすべてを託した石黒が弟を抱いている。

自分がこれまでしてきたことは何だったのだろう。

何を必死で守ろうとしていたのだろう。

何を信じていたのだろう。

そこには何もなかったのに……。

真冬を止めようとしない岳斗を不審に思ったのだろう。石黒の目が岳斗へ向く。その瞬間、血の気の失せた岳斗を目にし、目を見開く。

それはまるで我に返り、初めて己のしたことに気づいたような……。

「岳……斗」

微かに呟かれた石黒の声に、らしくない後悔が滲んでいた。

「やめろ」

「えっ？」

「やめろと言っているんだ」

突然石黒が真冬を突き飛ばした。行為に耽《ふけ》っていた真冬は驚きを隠せない。しかし石黒は真冬を見ようともせず、側で立ち尽くす岳斗に手を伸ばす。

「岳斗、お前……」

「っ」

石黒の手が触れた瞬間、岳斗は全身を震わせた。嫌悪に悪寒が走ったのだ。

そんな感情を抱くのは初めてだった。無理矢理犯された時ですら、嫌悪など感じなかったというのに。

今は触れられた部分を切り離したいぐらい、汚らわしくて、憎らしくてたまらない。

岳斗は摑まれた手を邪険に振り払い、石黒を睨みつける。

「触るな」

激しい拒絶に石黒は目を見開いた。

「触るな、だと？」

「ああ、汚いその手で俺に触るな。この下種《げす》が」

汚いものを見るような岳斗の視線に、刺々《とげとげ》しい声に、石黒の表情もまた険しさを増していく。そこにいつもの飄々とした石黒の姿はない。日本刀を振り回した客の前で見せた極道の顔でもなかった。

抑えきれないほどの激しい苛立ち。だが拒絶されただけでなぜこれほど岳斗に苛立ちを感じるのか自分でもわからないのだろう、コントロールを失った顔だ。

暗く淀んだ声でククッと石黒が忍び笑う。

「ああ、確かに俺は下種だ。人様に誇れる人生は歩んじゃいない。金、オンナ、暴力、サツ、ムショにも世話になった男だからな。この手も体も泥と血にまみれている。だがな、その俺の手で毎晩よがってるのはどこのどいつだ。貴様だろう。岳斗。汚いなんて、今更だろうが」

「触るな！」

再び伸ばされた手を岳斗ははね除けようとした。しかし一瞬早く摑まれてしまう。

石黒の力は強く、どんなに引き離そうとしても弛まない。

摑まれた部分から伝わるぬくもりが気持ち悪く、吐き気がする。

「触るなって言ってるんだ」

岳斗はたまらず石黒に向かって拳《こぶし》を振り上げた。だが、いくら岳斗が喧嘩に強いといっても、本物のヤクザに敵《かな》うわけがない。軽く躱《かわ》され、鋭く重い石黒の拳が岳斗の鳩尾《みぞおち》を襲う。

「ぐっ……」

痛みに息ができなかった。立っていることすらままならず、岳斗は腹を抱えてその場に蹲《うずくま》る。

その肩を石黒が乱暴に蹴《け》りつけた。

「さてと」

仰向けになった岳斗を、仁王立ちした石黒が冷たく見下ろす。岳斗に何度も拒絶され苛立ちが増したのか、その目はより暗く淀んでいた。

手にはいつの間にか日本刀が握られている。

岳斗は憤りに唇をわななかせる。

「それに触るな。お前にその刀に触る資格はない」

「資格？　おかしなことを言う奴だ。これは俺が貰ったものだったはずだが？」

もっともな言葉に岳斗は黙った。だがすぐに反発の色を強くする。

「ああ、確かにお前に渡した。でも間違いだった。お前のような汚れた奴を選んだ俺が間違いだったんだ」

「なるほど、俺はこの刀にふさわしい男じゃないってことか。つまりお前にとって俺はこの刀よりも価値がないってわけだな。俺はこの刀にすら……」

ぼそりと呟かれた言葉と共に微かに滲んだ石黒の本音は、岳斗に伝わることはなかった。

突然石黒が高笑いを始める。

その狂気じみた姿に岳斗は一瞬言葉を失った。

「そうか、これがそんなに大事か。だったら、これに犯されたらどうだ?」

「!」

ぺろりと下唇を舐めた石黒は、鞘《さや》を抜き刃先を岳斗に向けた。

持ち上げられた腰紐《こしひも》が音もなく切れる。

ただ腰紐で留めていただけの襦袢《じゅばん》は、簡単に岳斗の体を露にした。

「やめろ」

岳斗はすぐに上体を起こし襦袢の前を合わせようとしたが、首筋に刃を当てられ硬直する。

動けば切る。

石黒の目がそう言っていた。はったりではない、と岳斗の本能が警告する。

「おいおい、勝手に起き上がるんじゃねぇよ。危うく首を切っちまうところだっただろうが。あいにく俺は生は好きだが、死体で遊ぶ気はないんでね。ほらさっさと寝ろ」

冷や汗を流す岳斗を嘲笑《あざわら》うように、石黒はその左肩を鞘で押さえ付けた。そして日本刀の刃先でクリームを掬《すく》う。先程真冬が使用したものだ。

ねっとりとしたクリームの感触が岳斗の胸に触れる。

だがそれは初めだけだった。すぐに鋭い刃は剝《む》き出しになり、岳斗の白い肌に赤い線が浮かぶ。

「っ!」

岳斗は痛みに顔を歪《ゆが》めたが石黒は刀を動かすのをやめない。

刃先が乳首に当たると、石黒は峰側でツンと立った岳斗の乳首を弄《いじ》り始めた。

「何だ。もうこんなに硬くして、コレに触れられるだけで興奮するのか？　ん？」

岳斗はいつ刃が食い込むかわからない恐怖に晒《さら》されながらも、石黒をきつく睨み続ける。それが石黒の苛立ちを煽るとも知らずに……。

「そうか、そんなに気に入ったか。だったら、こっちに入れてやる」

再び喉《のど》の下から体の中心を撫《な》でながら下り始めた刃が岳斗の性器に触れた。石黒は刃を倒し、切っ先より下の部分で萎えた岳斗の性器を持ち上げる。

「おい、足を開け」

ひんやりとした凶器の感触に本能的に恐れを覚え、岳斗は思わず首を横に振った。石黒が唇の端を吊り上げる。

「ほぉ、いい度胸だ。切り落とされたいのか」

ククッと喉の奥を震わせる石黒の目は正気ではなかった。その狂気に岳斗の性器は縮み上がる。

こんな暴挙、いや、石黒なんかに従いたくなどない。部屋には真冬がいるのだ。弟の前で男に足を開くなどもってのほかだった。

だが……、ともう一人の冷静な岳斗が囁《ささや》く。

もしこの酷い所行を見れば、真冬は興ざめするのではないか。目を覚ましてくれるのではないだろうか……と。

また独り相撲だと言われるかもしれない。それでもわかって欲しかった。

男娼なんてつらいだけだと。どんなに体を重ねても、通じるものなど何一つないのだと……。

岳斗は強く唇を噛んだ。そして膝の後ろに手を入れて足を大きく開く。

少し離れたところで真冬が息を呑んだのがわかったが、気づかないふりをした。

「やればできるじゃないか」

無理矢理従わせたというのに、石黒に満足した様子はなかった。口元に笑みをたたえながらも、淡々と事務的なその声はどこか投げやりだ。

「しっかり呑み込めよ」

「ひぃっ！」

日本刀でペニスを持ち上げられたまま、硬い鞘が一気に岳斗の蕾《つぼみ》を貫いた。クリームを塗りつけられたそれは、容赦なく岳斗の中に押し入ってくる。

「ひっ……ぁっ……」

痛くて、つらくて、嫌悪に吐き気がした。

これまでにも異物を入れられたことはある。それも一度や二度ではない。

だが、この鞘はただの鞘ではない。桜木家の、雨水会の魂であり、岳斗の父親の形見といっても過言ではない日本刀のものなのだ。

それで犯されている。しかも誰よりもその思いを受け取って欲しかった相手にだ。

そう思うと悔しくて、情けなくて……。

耐えきれず一粒涙が零《こぼ》れ落ちた。

だが、岳斗は口元に弧を描く。青ざめた顔で体を痛みに震わせながらも不敵に笑みを浮かべた。

「もっと……やれよ……」

「何？」

「好きなだけ……やれって……言ったんだ……思いっきり酷く……な……」

真冬がお前に幻滅するように。

そう心の中で呟きながら、岳斗は抵抗を放棄したと見えるよう目を閉じた。

だが、岳斗の意図は石黒に悟られてしまう。「また、弟か……」と石黒は声にならないほどの声で吐き捨てた。

その目が嫉妬という名の色に染まる。

「ああ、言われなくてもそうさせてもらう」

石黒は岳斗の蕾から鞘を引き抜いた。そしてそれを投げ捨てると、今度は日本刀の刃を下にして持ち変え、岳斗の襟《えり》ごと畳に突き刺す。

強く腰を引き寄せられ岳斗ははっと目を開けた。覆い被さる石黒が何をしようとしているのか考えるまでもない。

だが、それだけは許すことはできなかった。石黒を好きだと言った真冬が見ているのだ。その前で石黒に抱かれるなんて、真冬をどれだけ傷つけてしまうか。

　何に犯されようがかまわないが、石黒とは絶対にできない。

「やっ、やめろ、触るな」

　岳斗は突然狂ったように手足をばたつかせた。しかし襟を日本刀で縫い留められたため、襦袢は脱げかけ、袖《そで》が腕に絡んで抵抗できない。暴れれば暴れるほど襦袢の袖が絡みつき岳斗の自由を奪っていく。

　その間に足は大きく開かれ、膝頭が額につきそうなほど体を折り曲げられた。

「嫌だ、放せ。嫌だと言ってるだろ！」

「鞘には足を開いて、俺は拒むのか。いい根性してるな」

「お前だけは嫌だ。絶対にさせない」

　真冬のため。

　岳斗の思いが石黒への拒絶となって、石黒を更に追い込んでいく。

　笑みを浮かべるその口元とは裏腹に、石黒の指は嫉妬の大きさを露にするように、摑んだ岳斗の足に食い込んでいた。

「叫びたいならいくら叫んでもいいぞ。だがな」

　石黒の視線の下にあられもなく晒された秘部に、熱い感触が触れる。

「お前を買ったのはこの俺だ。どんなに叫ぼうと、お前は俺のものなんだよ」

「や、やめてくれ、頼むから、石黒さっ、んっ、あぁぁぁぁっ！」

石黒の熱いペニスが岳斗の尻の窄《すぼ》まりを押し開いた。

一気に最奥まで貫いた石黒は、とどまることなく己の肉棒を動かし始める。

「相変わらずいい感触だな」

「はっ、あっ、やっ、やあぁぁっ！」

太くて熱い肉棒を深くまで沈められたかと思うと、抜け落ちるぎりぎりまで引き抜かれ、更に奥をこじ開けるように鋭く差し込まれる。

「んっ、はっ、あっ、あぁっ……」

激しすぎて息をするのも思うようにならない。

それでも岳斗は必死に首を横に振り続けた。

「いやっ……やめっ……やめろっ……」

「これだけしっかり咥《くわ》えてよく言う。ほら、お前はコレが好きなんだろ？」

「違う……俺は……お前なんか……」

「……。そうか、まだ足りないか。奇遇だな。俺もまだまだお前が足りない」

「ひっ、あっ、あぁぁぁっ！」

狂気の色を濃くした石黒は更に律動を速めた。

容赦ない律動に石黒のペニスを呑み込んだ岳斗の蕾は、クチュクチュと淫《みだ》らな水音を立て続ける。

「ほら、どうした。いつものようにもっと腰を動かせ」

「やっ……あっ……はぁっ……あっ……やだっ……あっ、あっ、あぁぁっ！」

ゾクンと湧《わ》き上がってくる快感に、岳斗はたまらず全身をくねらせた。

「もう……やめて……あっ……ぁあんっ」

感じたくないのに……。

石黒に慣らされた体が言うことをきかない。中を掻《か》き回す熱に快感を覚え、岳斗の意思に関係なく股間を勃起《ぼっき》させた。

触れられてもいないというのに、そそり立つ肉棒の先端には蜜が滲んでいる。いつしか抵抗していたはずの手は石黒のスーツを縋《すが》るように摑み、声も甘い嬌声へと変わってしまって……。

「嘘《うそ》つき」

微かに聞こえた声に、岳斗ははっと我に返った。しかし声のしたほうに目はやれない。快感を必死に振り払いながら、首を横に振ることしかできない。

「真冬……見るな……んっ……見ないで……くれ……ん、ひっ、あぁぁっっ！」

口を塞《ふさ》ぐように最奥を弄られ、岳斗は全身を大きくしならせた。

明らかにわざとやったとわかるそれに、岳斗は潤んだ目で石黒を睨みつける。

「お…前……」

「今更品行方正ぶってどうする。あいつなら既に知ってるぞ」

「……な……に？」

「この前、俺がここに連れてきた時、見てたからな。媚薬に酔って俺に犯されながら尻を振り続けるお前の姿をな」

石黒は冷酷に片方の唇の端を吊り上げた。

岳斗は目を見開いたまま言葉を失う。

あの時、石黒はいつになく廊下側に岳斗の体を開いて見せていた。

まさか障子に隙間《すきま》があったというのだろうか？　その隙間から真冬が……。

血の気が引いた。そして、怒りに拳が震え出す。

「お前、知ってて！」

岳斗は貫かれたままにもかかわらず、石黒に向かって拳を振り上げた。

それは決して鋭さがあったわけではない。避けられるのもわかっていた。ただ石黒に怒りをぶつけたかったのだ。

だが岳斗の予想に反して石黒は避けない。弱々しい岳斗の拳を頬で受け止めたかと思うと、その手首を掴み、乱暴に畳に押し付ける。

「俺は！」

石黒は眉を吊り上げて何かを言いかけた。しかし、自分でも何を言おうとしていたのかわからなくなったように苛立たしげに舌打ちすると、再び岳斗の中の肉棒を狂ったように律動させる。

岳斗を見下ろすその表情は欲望にギラついていた。いつもの飄々とした雰囲気など欠片《かけら》もない。

野獣のようだ。

だが、野蛮《やばん》なはずのその表情が酷く傷ついて見える。

岳斗はますます憤った。なぜお前がそんな顔をするのだと。弟の前で、好きだと告白した真冬の前で俺を犯しているお前が……と。

「はっ……あっ……あっ……あっ、あぁっ！」

何度も何度も執拗に突き上げられ、岳斗はたまらず身悶《みもだ》えた。刺激を与えられ呼び起こされた快感は体中を駆け巡り、酷く岳斗を苛《さいな》む。

もう限界だった。

石黒を咥え続ける尻の窄まりはピンク色に染まり、淫らな音色を奏で続けている。はち切れそうなほど膨らんだ肉棒の先端からは玉になった蜜が漏れ落ち、揺さぶられるたび岳斗の体を淫らに汚し続けていた。

イキたくないのに、イキたくてたまらない。

もうこんなの終わりにしたい。

「お前……なんか……」

嫌いだ。

そう言おうとしたのに言葉にすることができなかった。

石黒をきつく睨んだ視界が霞《かす》む。

それが生理的なものなのか、それ以上の何かがあるのか。岳斗自身もわからない。

ただ苦しくて、胸の奥が痛くて、石黒の熱を感じることも、歪んだその顔も見たくなくて、涙が零れる。

望まぬ欲望を一気に吐き出した岳斗は、体内に広がる石黒の熱に胸を締め付けられながら、強く唇を噛み続けた。

◇◆◇

数日後、岳斗は中央の廊下から一番遠い牢の端で格子にもたれて座っていた。手も足もだらりと伸ばしたまま、まるで気力が湧いてこない。

らしくないその様子は少なからず同じ牢にいる男娼を困惑させていたが、岳斗はそれにさえ気づいていなかった。

岳斗の視線は今、部屋に続く通路から男娼たちの様子を眺めている真冬と、そしてここにはいない男に注がれている。

深夜に真冬が突然訪ねて来たあの日、石黒は岳斗を抱いた直後部屋を出て行ってしまった。いつものように一服することはもちろん、岳斗に声もかけなかった。

気まずい空気が漂う中、岳斗は真冬に家へ帰るよう言ったが、聞き入れてはもらえなかった。以来、真冬は岳斗の世話をする雑用係として『蘭華楼』に住み込みで働いている。そのため、真冬が着ているのは緋《ひ》襦袢ではなく、黒いスーツだ。

しかし、真冬は男娼として雇われなかったわけではない。初めての客をどの上客にするかを引田が選んでいるため、店に出ていないにすぎない。

あれだけ真冬を疎んでいた引田は、ここで働きたいという彼の意志を聞くなり、態度を一変させた。そして目を引く容姿である真冬を大いに気に入り、褒めちぎっている。その態度は岳斗に対するものと天と地ほどの差があった。真冬が店に出るのは時間の問題だろうと岳斗は思っている。

今でもやめさせたい気持ちは変わらない。だが真冬は、以前にも増して岳斗の言葉に耳を貸さなくなった。

当然だろう。好きな人が兄を抱く場面を目の前で見せつけられたのだ。傷つかないわけがない。岳斗を見る真冬の目は、以前からの反抗的な光に加え、嫉妬と対抗心に満ちていた。

今は岳斗が何を言っても真冬は素直に聞き入れないだろう。むしろ逆効果になりかねない。

それに、売り上げの悪い岳斗がどんなに頼んだところで引田は真冬を手放しはしないだろう。岳斗に真冬を止める手段はもう残されていないのが現実だった。

「石黒さんが駄目だって言ってくれれば……」

思わず声に出していた言葉に気づき、岳斗は「今更だ」と小さく首を横に振った。

岳斗の時は興味本位でＯＫを出した印象があったが、真冬の場合は違う。あの時の石黒の顔は、真冬がどのぐらい稼ぐのかを計算していたそれだった。

目の前にある、しかも自ら望んで近づいてきた金蔓《かねづる》を見逃すほど石黒はお人好しではない。たとえどんなに岳斗が頼み込んだとしても、今更考えを変えることはないだろう。

「本当、今更だよな」

知らず知らず溜息ばかりが漏れる。

自分は買われる身で、石黒は客。それ以下はあってもそれ以上はない。

頭ではわかっていたはずなのに、心からはわかっていなかったのかもしれない。だから、客である石黒と「対等でいたい」なんて思い、特別な何かを求めてしまったのだろう。

でも……。

そう感じてしまうほど、石黒といた空間は心地よかったのだ。男娼であるはずの自分が対等でありたいと幻想を抱くほど普通でいられた。

だからだろうか、石黒のことばかりを考えてしまう。

真冬を目の前で抱かれ、そして真冬の前で無理矢理犯されて。そんな酷い目に遭って、「あんな奴、顔も見たくない」とそう思うはずなのに……。

いや、確かに「あんな奴最低だ」と思う。しかし、石黒を否定しようとすればするほど彼と過ごした穏やかな時間が胸に去来して苦しくなる。またあんな時を過ごしたいと女々しく願ってしまう。

だが、あの日以来、石黒は来店していない。仕事が忙しいのか、それともあの一件で男を抱くのに興ざめしたのか。もしくは別の理由があるのか。

振り返れば、あの日の石黒はどこかおかしかったように思う。

来店した時は、疲れは見えたが普段とそう変わらなかった。だが、真冬が来てから次第に不機嫌になって、いつもなら茶化しそうな兄弟喧嘩にも苛立っていた。

真冬を男娼にしないでくれと視線で頼んだ時も、睨まれたぐらいだ。相当虫の居所が悪かったのだろう。あの目は岳斗を責めるような、まるで嫉妬でもしているような……。

「嫉妬か。真冬は邪険にされていたって言ってたし、まさか石黒が真冬に？……なわけないな」

何を考えているのだろうと、岳斗は苦笑した。

石黒が男娼一人ごときに、それも岳斗のことで嫉妬するはずがない。おそらく岳斗の言動の何かが、石黒の逆鱗《げきりん》に触れたのだろう。でなければ素人である岳斗に対し、日本刀を抜きはしないはずだ。

岳斗の心を陵辱《りょうじょく》するために日本刀を情事の小道具にしたり、真冬の前で犯したり。そのくせ岳斗の拳をわざと顔に受け、犯しているのに傷ついた顔をしていた。

そして突然来なくなった。

何が気に障ったのか、どうして来ないのか。

だが、岳斗には石黒が何を考えているのかを窺《うかが》い知るデータがほとんどない。知っているのは巌《いわお》からの情報と、岳斗自身が組事務所で見たほんのわずかな光景。そしてここで触れ合った体の感触と言葉だけだ。それ以上のことを聞ける相手も、手段も岳斗は持っていなかった。

もどかしいが、今はここでいつものように座っているしかない。

「別にあいつだけを待っているわけじゃないけどさ」

そう強がってみたものの、岳斗の現状は「待っている」といっても過言ではなかった。この数日も岳斗を買う客は誰もいなかったのだ。つまり石黒が来ないと商売にならない。

おかげで体は楽だが、何とも言えない惨めさで一杯だ。石黒にお情けで買われていたということが、嫌というほどわかった。

「このままだと、いつ客がつくことか」

思わずぼやきたくもなる。

稼がなくては岳斗がここにいる意味はない。もし自分がもっと稼いでいたのなら、真冬の採用を阻止できたかもしれないと思うと、よけいに焦って苛立ちが募る。

「本当にセール中の紙でも貼りたい気分だよ」

「そんな格好していたらお客も寄りつかないと思うけど」

頭上から振ってきた声に、岳斗は弾かれたように顔を上げた。いつの間にか真冬が横に立っている。その表情はずっと変わらず冷たいままだった。

しかし、こうして真冬から岳斗に声をかけてくるのも、近寄ってくるのもあの日以来初めてのことだ。

岳斗は無意識にほっと胸を撫で下ろす。

真冬は岳斗を見ることはなく、岳斗と同じ格子に寄りかかった。

「勘違いしないでね。僕は兄さんと馴れ合うつもりで話しかけてるわけじゃないから。ただ兄がみっともない格好してるのが恥ずかしかったからだよ」

「真冬」

「そんな情けない声出しても駄目だよ。あんな場面を見せられて、今までどおりでいられるわけないじゃない。だって兄さんは僕の目の前で、僕の思い人に抱かれたんだよ。しかもこの僕が途中でやめさせられてそのまま放置されてるのに、一人でアンアン言っちゃってさ。本当むかつくよ」

淡々としているが棘がある真冬のセリフに岳斗は何も言い返さなかった。

あれは石黒に無理矢理されたと言いわけをすることもできる。だが、それは真冬の怒りを煽るだけだ。真冬をますます頑にしてしまうだけだろう。

「やっぱり最初から僕がここに来ておけばよかったんだよ。そしたら今頃、兄さんじゃなく僕が石黒さんの担当になってラブってたのかもしれないし」

「真冬、何度も言うが、俺は石黒さんの担当ってわけじゃないって」

「そんなことわかってるよ。でも現実には兄さんはいつも売れ残って、石黒さんが毎日のように客になってるんでしょう？　不良商品の兄さんは他の客がつかないみたいだし、それって現実には担当みたいなものじゃない」

「不良商品って、真冬、お前な」

「オーナーがそう言ってたよ」

「……」

「もちろん、もし僕が最初からここで働いていれば売れっ子になっただろうから売れ残ることはないけど、だったら僕が石黒さんを選べばいいことだし」

自信満々で、体を売ることに罪悪感も嫌悪感もない真冬に、岳斗は心の中で溜息をついた。

改めて真冬の決心を変えさせるのは難しいと悟る。

「早く石黒さん来ないかな。これじゃ、やる気も出ないよ。まぁ、忙しいみたいだし仕方ないか」

「忙しいって、お前、石黒さんが来ない理由、知ってるのか？」

岳斗は眉を顰めた。

「もちろん。あれ？　兄さん、石黒さんから聞いてないの？」

「えっ、ああ」

「へぇ〜、そうなんだ」

真冬は勝ち誇った顔で岳斗を見た。岳斗は気づかないふりをする。

「それで、何かあったのか？」

「うん。どこかの組と石黒さんの組とで小競り合いが起こったらしいよ。具体的なことまでは知らないけど。それでなかなか顔出せないんだって。いろいろやらなきゃいけないことがあるし、ここに来る間に狙われたりしたら困るからじゃないの？」

「それ……石黒さんから聞いたのか？」

「ん？」

さぁね、と真冬は言葉を濁したが、態度がそうであると仄《ほの》めかしていた。

いつ、聞いたんだ？　そう喉まで出かかって、岳斗はやめる。

聞いてどうなるというのだろう。

岳斗はこの一ヶ月、確かに毎晩のように石黒と過ごした。だがそれは石黒にとってあくまでも客と男娼の関係にすぎない。話はいつもたわいのないものばかりで、石黒は組関係のことは一切話さなかった。

それに対し真冬は、藤原《ふじわら》会の組事務所に出入りしていた。事務所には人も情報も集まる。邪険にされていたと真冬は言うが、何度も顔を出せば自然と馴染《なじ》みになるだろう。雨水会の者も出入りしているのだから尚更で、組関係の話もしたに違いない。だから今回のことも知っていたのだろう。もし本当に邪険にされ直接石黒と話したのでないにしても、それを教えてくれる誰かが真冬にはいたということだ。

　そこに買われる者の岳斗と、そうでない真冬の大きな差がある。

　どうして自分には話してくれないのか。

　そんな思いが頭を掠めないわけではないが、理由は察せられる。

　男娼は不特定多数の男を相手にする。その相手が密かに石黒に敵対する者であるかもしれない。はからずも岳斗の客は石黒だけだが、他の男娼から藤原会や石黒の詳しい情報を漏れ聞かないことを考えると、石黒はここでそういう話をしないよう注意しているのだろう。

　酒と情欲。うっかり口を滑らせる要素があり、あれだけ盛んなのにたいしたものだ。だから、どうしてなんて思わない。

　でも……。寂しくないと言ったら嘘になる。石黒にとって自分は所詮《しょせん》、数いる男娼の中の一人なのだと、また思い知らされた。

　きっと、あの二人の時間を心地よいものだと思っていたのは自分だけなのだろう。

　真冬は本当にこんな立場になりたいのだろうか？

　石黒と真冬がどんな関係を築くのかは、彼ら次第だ。岳斗にはわからない。だが、石黒が変わらないなら、岳斗に対する態度と同じだろう。

　真冬はそれでもいいのだろうか？

好意を寄せている真冬はもっと空しさを感じるだろう。惨めだと打ちひしがれるかもしれない。それでも側にいたいのだろうか？　それほど石黒が好きなのだろうか？

感情を逆撫でしそうだったが岳斗は聞かずにはいられなかった。聞いておかなければと思った。

「なぁ、真冬。本当にいいのか？　本当にここで働きたいのか？」

「まだ言うの。しつこいよ」

「前も言ったが客は石黒さんだけじゃない。俺は結果的に彼だけになってるけど、お前はおそらく引く手あまただ。彼だけを相手にすることなんてできない。たとえ彼の専属になったとしても、石黒さんは男娼を男娼としか見ないかもしれない。それでもいいのか？」

「いいって言ってるだろ。何度も言わせないで」

少しいらっとした様子で真冬は岳斗を睨んだ。しかし岳斗の真摯《しんし》な視線に気づいたのか、真冬はしばらく見つめ返してきたものの、不意に逃げるように視線を逸らす。

「だから駄目って言うの？」

「そうじゃない。ただ真冬がこの店で働きたい理由が知りたいんだ」

「だから、石黒さんが通って来るからって言ってるじゃない。もしかして兄さんは僕が興味本位とか別の目的でここにいるとでも思ってるの？　僕が男の人、初めてじゃないから？」

「違う。俺はわからないんだ。好きな人が通っているというだけで体を売れることが。普通は好きな人だけがいいだろ？」

「普通ね……。確かに僕も普通じゃないと思うよ。でも僕たちは元々普通じゃないんじゃない？　特に僕はね。極道の息子のくせに、中学高校とお坊ちゃん学校の私立に通ったりしてさ」

「えっ」

「おかげでいい虐《いじ》めの標的にされたよ。もっとも、それは初めの数日だけだったけど。ただやられるだけなんて僕の性格に合わないからね」

岳斗は言葉を詰まらせた。真冬が虐めに遭っていたなんて初耳だったのだ。

しかもその学校に入るよう勧めたのは、他でもない岳斗だった。自分が地元の高校で「ヤクザの子」と言われて一部の生徒や教師に敬遠され続けてきたため、真冬にそんな思いをさせないようにと環境のいい私立を勧めた。だがそれが裏目に出てしまっていたなんて……。

「何で言わなかったんだ？」

「言ってどうなるの。騒ぎ立てれば奴らを増長させるだけだよ」

「しかし」

「心配しなくてもちゃんと僕の方法で黙らせて、従わせておいたから。当時の学校の実力者が僕に一目惚れでさ。頭と権力と体は使いようってね」

にこりと無邪気に笑った真冬が、岳斗には自分の知っている弟とは別人に見えてならなかった。

それは、ここ数日、ずっと感じていたことだ。

おそらくこれが真冬の本来の姿なのだろう。思えば、これまでにもその辛辣さは時折顔を覗かせていた。

ただ岳斗が気づかなかった。いや、気づこうとしなかったのだ。品行方正な弟と勝手に思い込んで、そしてそれを押し付けていた。真冬の言うとおりだ。

「言っておくけど、僕だって相手が男なら誰でもいいわけじゃないからね。脂ぎったオヤジに抱かれるのかと思うと虫唾《むしず》が走るよ。もし側にいられるなら、わざわざこんなところで働かない。でも今の僕にはこれしか方法がないから」

真冬の声は心なしか寂しげに聞こえた。まっすぐ前を見つめるその目は、石黒を思っているのだろう。恋する人間の目だ。

真冬は本気で石黒を……。それもこんなところにまで追いかけてくるほど、好きなのだ。

「初めてなんだ。自分から好きになって誰かを追いかけるの。だから普通じゃなくても、石黒さんの側にいたい」

「……」

「だからさ、兄さん」

不意に真冬が岳斗と目を合わせる。

「僕に彼を譲って」

一瞬何を言われたのか、岳斗はわからなかった。やがてそれを理解して眉を寄せた兄をクスリと笑い、真冬は再び口を開く。

「なんて顔してるの。だって兄さんにとって石黒さんはただのお客さんなんでしょう？　でも僕は違う。ただ一人のかけがえのない人なんだよ。だから僕に彼を譲って」

再び繰り返された真冬の口調には、有無を言わさぬ強さがあった。

しかし岳斗は頷かない。いや頷けなかった。言葉を発することもできず、ただ真冬を見つめ返す。

真冬は本気で側にいたいと願っているのだ。頷いてやればいい。でなければ、「彼は俺のものじゃない」と返すこともできる。

そうわかっているのに、体が動かなかった。声が出なかった。

「あっ、ああ」

ようやく返した声は無様に掠れてしまった。

それでも真冬は満足したようで、「絶対だよ。男の約束だからね」と言葉を残し、中央廊下側の格子へと向かう。

その背中を見ていた岳斗は、膝の下に当てていた手が汗ばんでいることに気づいた。酷く、緊張していたらしい。

なぜこんなに緊張しているのか。これではまるで石黒を手放したくないと言っているみたいだ。

「……手放したくない？　俺が？　石黒を……手放したくない」

口にしてみるとその言葉はすんなり心の奥に響いた。

そうか、と岳斗は苦笑する。

手放したくなかったのだ。だからこんなに動揺している。ずっと真冬の告白を聞くたびに苦しかったのは、石黒を手放したくなかったからなのだ。

石黒が真冬を抱こうとした時もそうだ。真冬を大事にしている気持ちを踏みにじられたのと同時に、自分でなくてもいいと思い知らされて裏切られた気がした。

石黒を渡したくなかったから。彼を好きだから。

「今頃気づくなんて、情けないな」

真冬はちゃんと自分の気持ちを理解しそれに従ってまっすぐ行動しているというのに、自分は好きであることにすら気づけないとは、なんて間抜けなのだろう。

今考えるとそのシグナルは感じていた。

鬼畜さと不意に見せる優しさのギャップに石黒という人が気になって、極道としての姿に触れて、初めて垣間見た素顔に目を奪われた。

たわいのない話をするのが、笑い合うだけが心地よくて、そんな時間を心待ちにして。心はずっと石黒が好きなんだと岳斗に囁いていた。

でも……。本当は気づかなければよかったのかもしれない。気づいたところでこの気持ちに行き場はない。

真冬の告白を聞いた後で、どうして「石黒を好きだ」なんて言えるだろう。何より、石黒との関係はそれを言えるものではなかった。

岳斗は男娼で、石黒は客。それ以下であってもそれ以上はない。

「まさか男を好きになっちゃうなんて、思わなかったもんな……」

ここに入ると決めた時、男に抱かれる覚悟はした。だが心まで差し出すなんて思ってもみなかった。心は犯させないと思っていた。

やはり石黒にばかりに買われすぎたからかもしれない。

体を執拗に重ねても、煙草《たばこ》を一服するだけで会話もなく帰っていく。そんな毎日を繰り返していたあの頃なら、好きだなんて思いもしなかっただろう。よくも悪くも客と男娼そのものだった。

ただ一人の相手をしすぎたから、その人を心の内に留めてしまった。もっと多くの客に抱かれていれば、こんな馬鹿な思いは抱かなかったに違いない。

今からでも遅くないだろうか?

多くの客に体を開けば、抱いてしまったこの思いは薄らいでいくだろうか?

石黒が真冬を抱いても平気で笑っていられるだろうか?

たとえ二人が、真冬が願うような関係になったとしても?

「それ、結構こたえるかもな」

想像しただけで胸が締め付けられる。

その時、突然男娼たちが沸き立った。新たな客が来た反応だ。しかもそれが誰であるか、岳斗は確認しなくてもわかる。

「やっと来たのか」

そう思ったものの、瞬時にその言葉は岳斗の中で緊張に変わった。

石黒がここへ来られなかった理由はさっき聞いた。だがそれはあくまでも状況がそうなっていたというだけだ。石黒の心の中はわからない。

気分を悪くさせた岳斗のことをどう思っているのか。

それは、石黒が今日の相手に誰を選ぶのかでわかる。

普通は不機嫌にさせられた男娼など選ばないだろう。だが、選んで欲しいのが岳斗の正直な気持ちだった。しかしそうなれば、真冬を傷つけてしまう。

処刑台に立っているような気分だ。

「だからって俯《うつむ》いているのは柄じゃないな」

どんな結末だろうと、しっかり受け止めたい。

緊張に渇いた喉を鳴らしながら、意を決した岳斗は石黒の声がする廊下へ視線を向けた。

中央廊下側の格子には男娼たちが集まっているため石黒の姿は見えない。

不意にその人垣が割れた。微かにできた隙間から入り口にいる石黒の姿が見られる。黒服と引田に何か指示を出しているようだ。その表情は憎らしいほどいつもと変わらない。拍子抜けしてしまうほどだった。

おそらくこの後はいつものように男娼たちとキスしたり、その体を撫でたり、石黒流のスキンシップを図るのだろう。

そう思っていた岳斗は次の瞬間はっとする。石黒と目が合ったのだ。

石黒の視線は逸らされない。しかも引田たちとの話が終わると、他の男娼に目もくれず岳斗の牢へ入ってきた。まるでお前にしか用がない、そう言っているかのように……。

「あいつ」

頬を弛めずにはいられなかった。

まっすぐに自分へ向かってくるその姿が、石黒の視線を独占できることが、嬉しくて仕方がない。石黒は間違いなく岳斗を選んだのだ。

こんなに見目のいい奴がよりどりみどりなのに、また売れ残りを選ぶなんて本当に変わった奴だと思う。こんなことをされると、特別な何かがあるとまた期待してしまいそうだ。

部屋に行ったらまず何を話そう。

石黒のことだ。先日のことを謝るはずがない。自分の非道など忘れた顔をするだろう。

だったらこちらから話すのもいいかもしれない。態度がおかしかったことも気になるし、「嫉妬したのか？」とからかってやるのも悪くない。つらそうな顔をしていた理由も知りたい。

仕事の話は聞けなくても、石黒の心の話は男娼の立場でもできる。

「……」

もっとも、そんな時間は永遠に訪れないのだが。

あと数メートル、石黒が岳斗の前に立てばこの幸せな時は終わる。

目の前に石黒が立った時、岳斗は彼を拒むのだ。それはこの店では許される行為ではなく、厳しい折檻《せっかん》を受けるだろう。だがそんなことはどうでもよかった。

今更ながらに真冬に頷いてしまったことが悔やまれる。もっと早く己の気持ちに気づいていれば、「譲って」と言われても頷かなかっただろう。自分も好きなのだと、真冬へ素直に告げることもできた。

だが、岳斗は間抜けなことに自分の気持ちに気づかず、約束をしてしまった。

もちろん破ることも可能だ。しかし男として、兄としてそれはしたくない。一度交わした約束を自分の欲望で破るなどできない。

石黒はもう目の前だった。

側に来て欲しい。でも来て欲しくない。この数歩の距離が一生縮まらなければ、そう思えてならない。

「岳斗」

頭上から降ってきた声に、岳斗は視線を向けなかった。

石黒が微かに気色ばんだのが気配でわかる。もっとも表面上は何も変わっていないのだろうが。

「何だ、ご機嫌斜めだな。ったく仕方のない奴だ。お前のご主人様の到着だぞ。部屋に来て相手をしろ」

ごつごつした逞《たくま》しい石黒の手が岳斗の頭に伸ばされた。細かい傷がたくさんあり、喧嘩をし慣れた手だ。

この手に初めて触れられたのが一ヶ月前。それから毎日のように抱かれて、もう見なくても形がわかる。

自分のもの以外で、誰よりも身近な手だった。そして求めていた手だった。

でも、もうこの手を取ることはできない。

岳斗は石黒が頭に触れる寸前、無言でその手をはね除《の》けた。

からかい口調のまま、石黒が纏《まと》う空気だけが急速に冷たさを帯びる。

「おいおい、臍《へそ》を曲げるのも大概にしろ」

「別にそうじゃない。ただ嫌なだけだ」

「嫌？」

「ああ、お前とはもうしない。お前にだけは抱かれたくない」

岳斗は石黒の目を見据え、はっきりと言い放った。

石黒の片方の眉尻と唇の端が吊り上がる。

「これは随分強気に出たな。お前、ここがどこか忘れたのか？　客を取って、ヤって何ぼの店だぞ。そしてお前は俺以外に客がいない。俺に抱かれないでどうする」

「お前以外の客を探す」

「この一ヶ月梨の礫《つぶて》だったお前がか？」

「ああ、もうなくすものもなくなったからな。ここで足でも何でも開いてやるさ。それに俺の具合は悪くないんだろ？　それをわからせれば客はつく。そのためだったら初めは半額セールの札でも何でもつけてやるよ」

「……」

「どんな男でも構わない。お前以外なら。他の客とヤるのなんて、お前に抱かれることに比べれば楽なものだ」

口を開けば開くほど石黒が苛立っていくのがわかった。

岳斗自身、馬鹿なことを言っていると思う。だが、笑みを浮かべたまま上手く躱すなんて器用なまねはできない。怒らせて、二度と顔も見たくないと詰《なじ》られて、お互い傷つく方法しか、拒み方しか、できなかった。

「俺以外なら……ね……」

石黒は眉間に皺《しわ》を寄せ、苦しげだった。内から漏れ出す感情を必死に堪えているようにも感じられる。

素直に部屋に入っていたら、今頃はいつものようにその顔に不敵な笑みを浮かべていたのだろう。

もうこれ以上石黒を見ていたくなくて、岳斗はそこから離れようと立ち上がった。が、手を石黒に摑まれる。

「触るな」

岳斗はすぐに振り払おうとした。だが強く握られていてビクともしない。それどころか振り払おうとすればするほど、石黒の力は強まっていく。

「痛いだろ。放せ」

「部屋に行くんだろ？　連れて行ってやる」

「違う、俺はっ！」

いつもの軽薄さを装った石黒は岳斗の言葉を聞きもせず、歩き出した。部屋になんて冗談じゃない、と岳斗はその場にとどまろうとするが、石黒の力は尋常ではなかった。手の先が変色するほど強く握られ、通路を引きずられる。

部屋の奥の間でようやく解放された時、手首は赤くなっていた。

岳斗はすぐさま部屋を出ようと歩き出す。しかし石黒がそれを許すはずがなく、足を払われて、布団に尻餅《しりもち》をついてしまった。

痛みにうめく岳斗に石黒は馬乗りになる。その顔は苛立ちに満ちていた。

「なっ、嫌だって言ってるだろ。退《ど》けよ」

上着とシャツを脱ぎ捨て上半身裸になった石黒に、岳斗は嚙みついた。そして必死に手足をばたつかせる。

「嫌だ。触るな！」

部屋を仕切る襖《ふすま》も、通路に続く障子も閉められていない。騒ぐ声は筒抜けだろう。岳斗からは見えないが、男娼たちに覗かれている可能性もある。

それでも構わなかった。石黒に抱かれるわけにはいかないのだ。

今抱かれればきっと卑しく石黒を求めてしまう。口では抵抗できても、心が石黒に抱かれる悦びに震えて、二度と忘れられなくなってしまう。放したくなくなる。

もう忘れると決めたのに……。

だが、どんなに騒いでも、暴れても、体格で勝る石黒は動かなかった。

石黒は抵抗を続ける岳斗の両手首を摑み、全身で覆い被さる。

しかし石黒は岳斗の股間を刺激しない。足を割ることもなく、愛撫《あいぶ》もなかった。ただ急速に岳斗の顔に石黒のそれを近づけてくる。

キスしようとしているのだ。

「どうして……」

岳斗は目を見開いた。

どうして今更キスなんてしようとするのだろう。

ここに来て石黒とは何度も体を重ねた。だがキスは一度もしていない。親愛を感じるそれを無意識に避けていたのだろう。石黒も強要はしなかったし、しようとしなかった。

それなのに、なぜ今なのか。

「……」

心が一つの希望を抱く。

石黒はどうしてまた岳斗を選んだのだろう。

なぜ拒絶をするたびにこんなに苦しい顔をするのか。

数日前、真冬が来て石黒が不機嫌になったのが、本当に嫉妬していたのだとしたら……。

頭は勝手に岳斗に都合のよい一つの答えを導き出す。

お前もなのか?

それは声にならなかった。ただ、どうしようもないほどの嬉しさが込み上げる。石黒も同じ気持ちでいてくれる、そう思うと涙が出てしまいそうだった。

俺もお前が好きだ。

そう言葉にできたら、どれほど幸せだろう。

だが、それはもうしてはいけない。

「やめろ」

石黒の唇が触れる寸前、岳斗は石黒から顔を逸らした。

石黒の吐息が耳元を掠める。「くそっ」と石黒らしくない小さな呟きが微かに聞こえた。

「いい加減にしろ」

部屋に響いた石黒の声は殺気を帯びていた。だが、岳斗を見下ろす表情は苦しげに歪んでいる。数日前、岳斗を無理矢理抱いた時に見せたものと同じ表情だ。

「なぜ、俺は嫌なんだ。弟をこの店に入れたからか？　あいつを抱いたからか。それとも、あのガキの前でお前を抱いたからか」

「……そうだ」

どれも違う。だが、本当のことは言えない。頷くことしか選べない。

岳斗の腕を掴む石黒の手に力がこもる。

「なぜあんな奴をそんなに守ろうとする。弟だからか？　あいつはもう充分大人だぞ。むしろお前なんかよりもはるかに極道らしい考え方をしてる曲者《くせもの》だ。裏でかなり遊んでいるようだしな。ここに入ったのもそれ相応の目的があるんだろう。俺に気があると抜かすが、本気かどうか」

「本気に決まってるだろ。真冬はお前が好きなんだ。でも邪険にされてどうしようもなくて、側にいられるここに来たんだ」

「あいつがそんな殊勝なタマか」

「あいつ、誰かを追いかけるのは初めてなんだって。今まで愛されてばかりだったから、きっとどうすればいいかわからないんだよ。お前が言うように確かに真冬には腹黒いところがある。俺も最近知ったんだけどさ。でもあいつは俺の弟なんだ。たった一人のな」

石黒の眉間の皺が深くなった。

「だから新しい客を探すのか。あいつが俺を好きだからだな」

「……」

「だがお前はそれでいいのか。俺以外の男に抱かれるんだぞ」

「当たり前だろ。おかしなことを言う奴だな。俺は男娼だ。どんな男でも喜んで体を開く。そう仕込んだのは他でもないお前だろ。だから俺は誰でもいい。お前以外ならな」

岳斗は精一杯不敵な笑みを浮かべた。

瞬《まばた》きを忘れたように凝視する石黒の視線が痛い。鼓動が鳴り響く胸が、掴まれた腕が、石黒と触れ合う肌が、痛くて苦しくてたまらない。

岳斗は気づかなかったが、石黒を拒絶する唇が震えてしまっていた。

石黒は何かを言いかけたが、苦々しい顔になって舌打ちする。岳斗の固い決心と今にも泣きそうなその顔にそれ以上何も言えなかったのだ。

「もういい、勝手にしろ」

岳斗を解放し、石黒は立ち上がった。そして自分の服を掴んで部屋を出て行く。

障子を閉める音と同時に、真冬の声が聞こえた。足音で石黒の後を追いかけているのがわかる。

岳斗は無意識に立ち上がり、障子へ駆け寄った。しかし、耳にした石黒の声で、障子にかけた手が止まる。

「お前を買えって？　だがまだ店に出てないんだろうが」

「大丈夫。石黒さんだったらオーナーは駄目だって言わないと思いますし。それにお客さんには『今日が初めてです』って言えばわかりませんよ」

「お前、やっぱり相当な悪人だな」

「そうです？」

「そういうところを言ってるんだ。………まぁいい。部屋に案内しろ」

真冬の嬉しそうな声が聞こえた。

抱き付かれているのだろうか。「おいおい、歩きにくいだろ」と石黒が呆《あき》れている。だがその声にこれまで見せていた不機嫌さは感じられない。いつも男娼たちと話す時のそれだ。いや、いつもより優しく感じられる。

やめてくれ。

岳斗はそう叫んで障子を開けそうになった。だができなかった。仲むつまじく聞こえる二人の会話が、重なって遠のいていく足音が、岳斗と石黒、そして真冬の未来を示している、そう思えて……。

「……これでいいんだよな」

漏れた呟きに、岳斗は無理矢理自分を納得させようとする。

真冬の望んでいたとおり、石黒は客になった。

これから二人は体を重ねるだろう。岳斗が知る限り、石黒が、甘えてきた男娼を抱かなかったことはない。真冬も好きな人に抱かれて、喜びを感じることだろう。

「よかったな、真冬。これでよかったんだ」

岳斗はぎこちない笑みを浮かべてそこから離れようとした。しかし障子から後ずさった足がもつれて尻餅をついてしまう。

「何やってるんだ。俺」

苦笑しながら立ち上がろうとしたが、力が入らなかった。気づけば体中が震えている。

頭よりも体は心に正直なようだ。

「今更後悔してどうなるんだよ。わかってただろ、つらいのなんて。忘れると決めたんだ。未練がましく震えるな」

誰に見られているでもないのに平静を装い、岳斗は震えを止めようと自分の体を抱き締めた。だが止まらない。抱き締めれば抱き締めるほど、被った仮面は剝《は》がれ、顔が歪んでいく。

石黒はどんな顔で真冬を抱くのだろう？

事が終われば、いつものように布団で一服するのだろうか。それを隣で見ている真冬に甘えられて微笑むのだろうか？　どこか食えなくて、意地悪で、だけど心が温かくなるような顔を真冬にも見せるのだろうか。

想像するだけで胸が苦しくて、痛くて張り裂けそうになる。

知らず知らず嚙み締めていた唇が切れて血が滲んだ。石黒に触れられそうで、触れさせなかった唇だ。

震える指でその柔らかい感触に触れた瞬間、不思議と震えが止まる。

代わりに一粒涙が零れた。

「馬鹿だな、俺」

本当に大馬鹿だ。こんなに好きだったのに、しかも両思いだったのに。なぜキスを拒んでしまったのだろう。抱かれたくないなんて言ったのだろう。

大馬鹿すぎて乾いた笑いが浮かぶ。

「俺も好きだよ。石黒さん」

あの時そう言えたら……。今頃ここで体を重ねていただろうか。愛を確かめ合っていただろうか？

一人になった部屋がいつになく広く感じられる。

岳斗個人のものは何もない殺風景な部屋で、使う者を失った布団は、まるで彼が訪れるのを待つ岳斗自身のように寂しげで……。

「早く次の客見つけないとな」

心にもないその言葉を呟きながら、岳斗はゆるりと唇に悲しげな弧を描いた。

◇◆◇

翌日の昼近く、岳斗は客が帰ったのを確認し、翼の部屋を訪れた。

昨夜は一睡もできず頭はぼーっとしていたが、石黒との思い出が残る自分の部屋にこれ以上一人でいたくなかったのだ。

いつも行き来しているため、翼はすぐに岳斗を招き入れた。そしてもう一時間以上、たわいのない話を続けている。

「ねぇ聞いてるの？」

「ん？　ああ、聞いてるよ」

「本当かな……。それでさ。その子と貧乏なその客が恋に落ちちゃって」

今は客と恋仲になった男娼の話だ。都市伝説ならぬ遊郭伝説らしいが翼はその話を気に入っているらしく、とても楽しそうに話して聞かせる。だが、岳斗には少々間が悪かった。

昨日の今日で男娼と客との恋話はさすがにきつい。自分から押しかけておいて翼には申しわけないと思いつつも、岳斗は話半分に聞き流していた。

その心の中を占めているのは、石黒と真冬のことだ。

あの後二人がどうしたのか岳斗にはわからない。だが石黒が明け方近くに帰って行ったということだけは耳にした。つまり一晩泊まったということだ。

覚悟していたが、事実を前にすると胸が痛む。自分で招いた結果だといっても過言ではないのに、真冬が羨《うらや》ましく思えて仕方がない。

真冬はきっと石黒に気持ちを伝えたことだろう。

石黒はそれにどう反応したのだろうか？　以前と同じように躱したのか。それとも……。

「どっ、どうしたの」

突然俯いた岳斗に翼は驚きを表す。岳斗は取り繕うように顔を上げて微笑んだが、引きつったそれでは説得力がない。「本当に？」と翼は心配そうに首を傾げる。

これでよかった、と納得したはずなのに女々しすぎる。

岳斗は翼にもう一度頷いた。

「ああ。大丈夫だ。それでその二人は結局どうしたんだ？」

「激怒した当時のオーナーは、その恋人の貧乏な客と別れさせるために、その子を上客の専属にして監禁したんだよ。でも恋人は諦めなくて、黒服を金で買収して忍び込み、見事助け出して二人で逃げちゃったんだって！　いいよね。僕もそんなふうにここを抜け出してみたいよ」

「貧乏なのに黒服に金を渡せたのか？　黒服なんて、はした金じゃ動かないだろ」

「もうっ、夢がないな」

眉を吊り上げて本気で怒る翼に、岳斗は「ごめん」と苦笑した。しかしすぐに真顔になる。

「なぁ、翼。どうすれば客の気を惹《ひ》けるんだ？」

「はぁ？」

今まで客の気を惹こうとしなかった岳斗の変化に、何を馬鹿なことを聞いているんだ、と翼は訝しんだ。しかし岳斗が真剣だとわかると、初めて頼られたのが嬉しいらしく、少し偉そうな顔になる。

「まずは瞬時にその客がどんなタイプかかぎ分けるのが肝心なんだよ。小悪魔が好きか、ブリッコが好きか、清純派が好きか。それで目が合ったらそのタイプに応じた色目を使って、客が興味を惹かれて体を触ってきたらもうゲットだよ」

「タイプをかぎ分けて、それに応じて色目を使う？　なかなか難しそうだな」

「そう？　僕感覚でやってるから。それと慣れかな」

「慣れか……。今の俺には縁遠い言葉かもな」

「そうだね」

遠慮なく頷いた翼に、岳斗は乾いた笑いを浮かべた。

その時、勢いよく障子が開く。その乱暴さに驚いて振り向くと怖い顔をした真冬が立っていた。

「真冬？」

どうしたんだ。

そう言おうとした岳斗の言葉は真冬の平手打ちに阻まれた。頬に受けた痛みに岳斗は一瞬動けなくなる。そんな岳斗よりも早く翼が憤った。

「お前、いきなり何するんだよ」

「あんたは黙ってなよ」

「なっ！」

ますます気色ばむ翼を岳斗が手で制した。納得がいかないという顔をする翼をよそに、岳斗は真冬を見つめ返す。

真冬の顔は怒りに満ちていた。

どうして叩かれるのかはわからない。

だが原因となった人物は想像できる。

「どうして兄さんは石黒さんだけなの」

思ったとおりの人物の名に、岳斗はやはりと心の中で呟いた。石黒と何かあったらしい。

だが、岳斗は真冬の望みどおり石黒を拒んだ。これ以上どうしろと言うのだろう。

自然と岳斗の表情にも険しさが滲む。

「どうしてって、聞かなくてもわかってるだろ」

「わかってるよ。でも普通こんな店で一ヶ月も石黒さん以外に抱かれないなんてあり得る？　絶対あり得ないよ。石黒さんにしか抱かれたくないから、兄さんがわざと売れないようにしてたに決まってる。汚いよ。そうやって石黒さんの気を惹いて、繋《つな》ぎ止めたんでしょう。兄さんなんか、さっさと他の男にヤラれちゃえばいいんだ」

「わざとって……。真冬、お前な。石黒さんと何があったか知らないけど、言っていいことと悪いことがあるぞ」

「何があった？　とぼけないでよ。どうせ兄さんが石黒さんにそうお願いしたんでしょう。僕を抱かないでって」

「えっ、抱かないでって……石黒の奴、お前を抱かなかったのか？」

思いがけない言葉に岳斗は声を詰まらせた。隣で聞いていた翼も驚いている。

二人の反応は真冬の逆鱗に触れたらしい。再び平手が飛ぶが、岳斗はその手を素早く摑む。

「放してよ」

真冬は射殺せんばかりに睨みながら、岳斗の手を振り払った。

「ああそうだよ。どんなにねだっても抱かなかった。自分からは触りもしなかったよ。それどころか僕が無理矢理フェラしても、自分で挿入してもエレクトさせない。真っ裸で布団に寝てるのに一晩中無視された僕の気持ち、わかる？　こんなに惨めで屈辱を味わったのは初めてだよ」

「あの石黒が」

何度聞いても岳斗は信じられなかった。しかしその驚きさえも、酷くプライドを傷つけられた真冬には腹立たしいものでしかない。

「兄さんのせいだよ」

「ちょっと待て、俺はお前が思っているようなことは何も言ってないぞ。むしろ俺はあいつにお前を……」

「いや、兄さんのせいだ。そうに決まってる。だってこの僕が迫って落ちないなんておかしいもの。それに兄さんはいつもそう。僕の邪魔ばかりする。学校だって本当は地元の学校に通いたかったし、家でだっていい子でなんていたくなかった。でも兄さんが僕にそれを求めるから。だからそうするしかなかったんじゃないか」

「！」

「父さんが死んだことだってそうだよ。あの時、兄さんは帰社するのが遅れるって慌ててた。だから急《せ》かしたんじゃないの？　ううん。たとえ兄さんが言わなくても父さんや霧島《きりしま》が気を回して急いだに違いないよ。もし兄さんが急がせなかったら、車は突っ込んでくるダンプなんかと遭遇しなかったかもしれない。兄さんが殺したんだ。兄さんが僕から父さんを奪ったんだよ。それなのに今度は石黒さんまで。もうたくさんだ。今すぐ消えて。今すぐ僕の前から消えてよ！」

感情の赴くままに吐き出された言葉はあまりにも衝撃的で、岳斗は呼吸すらできなかった。ようやく吸い込んだ空気は酷く冷たく、苦い。

勢いで出た言葉であるのはわかる。だが、心のどこかに岳斗への鬱々とした気持ちが溜まっていたのも事実だろう。

真冬から父親を奪った。

岳斗自身、そう思わなかったことはない。事実、あの時、岳斗は運転手であった霧島に急いでくれと頼んだ。そうでなかったならば、あと数秒遅かったら、岳斗たちは事故に遭わず二人は死ぬこともなかっただろう。

先日のことといい、今回のことといい真冬の言うとおりだ。もっとも、実の弟に「消えて」なんて言われるとは考えもしなかったが……。

守ろうと思っていたはずの弟に鬱陶しがられ、憎まれ、消えてと言われ……。一体自分はここに何をしに来たのだろう。

真冬にとって兄・桜木岳斗の存在意義はあるのだろうか？

ただの邪魔者でしかないのだろうか？

いや、事実そうなのだろう。岳斗がいなければ石黒は真冬を抱いたはずだ。

それに、石黒も……。

最後に組み敷かれた時に見た、苦しそうな石黒の顔が浮かぶ。

あんな顔は石黒には似合わない。好色家でどこか世の中を舐めきった、飄々とした食えない男なのだ、石黒は。一人に囚《とら》われて苦しむ必要はない。

自分の存在が二人を追い詰めている、岳斗はそう思えてならなかった。

雨水会のためにも金を稼ぐ必要はある。だが誰かを苦しめるのならば、ここに固執する必要はない。金を稼ぐ手段なら他にもいろいろあるはずだ。

言いすぎたことにようやく気づいたのだろう。肩で息をしていた真冬がはっと我に返った顔をした。しかし素直に謝るような性格ではない。真冬はばつが悪そうに顔を背ける。

岳斗も真冬には言い返したいことが山ほどあった。だが、不思議と言葉にする気にはならない。どんなに鬱陶しがられても、憎まれても、悲しくても。岳斗にとって真冬は、いつまでも大切な、ただ一人の弟に変わりはないのだから。

「真冬」

岳斗は顔を背けたままの真冬の頭にそっと手を伸ばした。そしてやんわりとその頭を撫でる。

そのとたん、真冬は泣きそうな顔になった。だがすぐにいつもの気丈な顔に戻り、頬を膨らませて岳斗の手をはね除ける。

「やめてよ」

叩かれた手に岳斗は少し痛みを覚えた。それは心の痛みだったのかもしれない。

もう、弟離れしないとな。

そう思いながら、岳斗は翼の話を思い出していた。恋人になった客と店を逃げ出した話だ。

岳斗に一緒に逃げ出してくれる恋人はいない。だが、姿を消すことは一人でもできる。

「そうするか」

はね除けられた手を握りしめ、岳斗は一つの決心を固めた。

時刻は深夜二時すぎ。形式上営業終了となるこの時間は、新たに訪れる客が減り、泊まらない客の一陣が店を出る。

◇
◆
◇

そして、『蘭華楼』ではこの時間を境に、出入り口の警備スタッフの交代が行われる。

脱走を決めた岳斗はこの時間を待っていた。

真冬に辛辣な言葉を投げかけられたあの日から二日。岳斗は脱出するためにこの店の警備システムやスタッフの行動をできるだけ詳しく調べ上げたのだ。二日という短い期間だったが、一ヶ月をここで過ごした岳斗はそれなりにスタッフとも顔なじみで、必要最低限の情報は得ることができた。

この店を出るには表玄関と裏口、そして業者口がある。表玄関はセキュリティが厳しく、業者口はこの時間、赤外線監視装置が作動していた。そのため、岳斗はターゲットを裏口に絞った。

近くには面会室があり、使用中の場合は見張りの黒服が二人つくため裏口付近の警備は四人になる。だが、この時間面会にくる人間はほとんどなく、見張りは裏口にいる二人のみだ。

不審者の侵入を防ぐため裏口の警備には屈強な黒服が選ばれている。だが誰にも隙はある。今日のこの時間に交代する二人の内の一人は少しだけ時間にルーズだった。いつも数分遅れて現場にくる。その間、玄関の警備は一人になるのだ。

その落ち度を店はまだ気づいておらず、岳斗はその隙をついた。

廊下の柱の陰で息を潜め、やってきた一人の黒服と先にいた二人の交代を待つ。岳斗がいる位置は監視カメラには映らない。

先にいた二人が完全に廊下の奥に消えるのを待って、岳斗は残った一人に声をかけた。先程の二人がモニター室へつくまでの間、ここは監視から外れる。

この時間は、ある程度、男娼が遊郭の中を動き回ることが許されている。特に、岳斗はこれまでまったく逃げ出す素振りがなかったためか、黒服に怪しんだ様子はない。

「どうした」

「今日も客がつかなかったからさ、暇で」

「またか。ここの客はロリだからな。俺だったら真っ先にお前を選ぶぜ」

「本当に？」

クスッと岳斗は妖艶に微笑んだ。そのとたん黒服が生唾《なまつば》を呑む。この男は男色家でしかも岳斗のようなタイプが好みらしく、もの欲しそうな目で見られることもあった。

岳斗は精一杯色っぽくしなを作って黒服の正面へ回り込み、その首に腕を絡ませた。

「おっ、おい。やめろ」

「いいだろ？　少しだけだから。触るだけなら問題にはならないだろ」

「そっ、そうか？」

「ああ。だから……………眠っててくれよ」

「ぐはっ」

鼻の下を伸ばした黒服の一瞬の隙をつき、岳斗はその腹に膝蹴りを食らわせた。綺麗に鳩尾に入ったため、男は腹を押さえて倒れ込む。緊急事態を知らされては困るため、後頭部を両手で殴りつけて完全に失神させた。どれだけ喧嘩拳法《けんぽう》が通用するのかと思ったが、完全に油断した相手にその心配はなかったらしい。

息を吐き出した岳斗は、脳震盪《のうしんとう》を起こした黒服に両手を合わせる。

「悪いな、騙《だま》して。どうやって客を誘うか、少しわかった気がするよ」

もっとももう必要ないだろうけど、と心の中で呟きながら岳斗は裏門へ急いだ。

警報も鳴らずスタッフが追いかけてくる様子もない。内側から鍵《かぎ》を外した門は簡単に開いた。

どうやらすべて上手くいったようだ。

「一人でも抜けようと思えば抜けられるんだぜ、翼」

「後で酷い折檻を受けるのを知ってて抜け出すのは、よほどのマゾだろうけどね」

門を潜り敷地の外に出た直後、背後から聞こえた真冬の声に岳斗はギクリとした。そしてすぐに周囲に視線を巡らす。

「心配しなくても誰もいないよ。僕しか気づいてないから」

真冬の言葉どおり他に人の気配はなく、岳斗はほっと胸を撫で下ろした。しかしその表情は硬いままだ。

「真冬、早く戻れ。お前は雑用係だが外出は許可されてないだろ。見つかったら事だぞ」

「それはこっちのセリフだよ。僕はまだ雑用係だけど、兄さんは男娼なんだからね。お仕置きじゃすまないんじゃない？　まったく、こそこそ何してるのかと思えばまさか脱走だなんてね」

真冬の声には苛立ちが感じられた。だが、それは岳斗にだけでなく真冬自身にも向けられているのかもしれない。ライバルである岳斗を憎む気持ちと、素直に表せない兄を心配する気持ちが戦っているのかもしれない。

「あれだけ大きなことを言ったくせに、今更逃げる気なの」

「……」

「まあ、理由なんてどうでもいいけどね。僕は兄さんがいなくなったら万々歳だし、やめる気なんてまったくないよ。だけど、わかってるのかな。兄さんが逃げるのなら僕が石黒さん貰うよ？」

岳斗は一瞬目を泳がせた。

すべて覚悟したはずなのに、『石黒』という名前を聞くだけで心が揺れる。

岳斗にとって男を好きになることは普通ではない。それでもいつの間にか石黒を愛し、心の深くにその存在を刻んでいた。

だからこそ、簡単に忘れられない。表面的に忘れたとは言えても、心から簡単に消えることはなく、長く引きずってしまうだろう。

しかしだからといってとどまることはできないのだ。

真冬に石黒を譲るためだけではない。自分のためだ。

弟を守れる兄でいるためにここには残れない。石黒のオンナとしてその愛を得るよりも、素直でなくとも最後にはこうして心配してくれる弟を、兄として男として守れる存在でありたいのだ。

「本当に貰うからね」

真冬は岳斗の心を探っているようだった。器用なくせに不器用な弟に岳斗は頰を弛める。そして軽く真冬の頭を撫でた。

「じゃあな」

真冬は酷く寂しそうな顔をした。そんな真冬に後ろ髪を引かれながらも、岳斗は歩き出す。

しかし数歩歩いたところで、突然後ろから腕を摑まれた。はっとして目を向けると、着物に雪《せっ》駄《た》姿の石黒が立っている。

いつの間に現れたのだろう。岳斗はその気配にまったく気づかなかった。着物ということは一度店に入ったようだ。時間を考えれば、石黒だからこそ入店を許されたのだろう。しかも岳斗の部屋にある着物を着ているということは岳斗を選んだのか。そしていつまでも現れない岳斗を変に思ったに違いない。

「石黒さん」

「どこに行くつもりだ？」

石黒の声色はいつもと変わらなかった。ただ苛立ちと怒りが目の端に微かに覗いている。

「どこってちょっとコンビニに買い出しに」

「ほぉ、そんな格好でか？」

上から下まで舐めるように見られ、岳斗は頬を赤らめた。

作戦上、着替えて出ることはできなかった。そのため岳斗は店にいる時と同じく素肌に緋襦袢を着ただけの姿なのだ。足も裸足で、不審者か変質者と思われてもおかしくない。計画ではすぐにタクシーを拾って家に帰るつもりだった。

石黒の言葉はもっともで、岳斗はもっと上手い言いわけはなかったのかと心の中で自分を叱咤《しった》する。だが、顔には不敵な笑みを浮かべた。

「いいだろ。コンビニに行くために着替えるの面倒だし」

「まぁお前が素人なら、ただの変質者ですむんだけどな。お前は確か外出できない身だと思ったが？」

「そうだったか？　でも出してもらえたし、いいってことだろ」

「見張りを気絶させておいてよく言う。いいからさっさと戻れ。警備の奴らには騒ぎにしないよう既に手を回してる。今ならそれほど大事《おおごと》にはならないだろ」

「別に大事になったたって構わないぜ」

岳斗の一言に、石黒の表情が曇る。

「言っておくが足抜けの罰は軽くないぞ」

「わかってるよ。でも捕まったらだろ？　だったら逃げればいい」

「追うのは俺の組の奴らだ。逃がすようなヘマをすると思うか？　逃げ回れば逃げ回るほど罰は厳しくなる。特にお前のような店に貢献してない奴は、最悪タコ部屋送りだ」

「タコ部屋か。さすがに輪姦《まわ》されるのは勘弁だな」

「だったら戻れ」

「嫌だ」

淡々とした口調で言いきり、岳斗は石黒の腕を振り払った。石黒はすぐに再び摑もうとするが、岳斗はその手を躱す。

瞳を険しくし、石黒が口元に弧を描く。

「どうやら口で言ってもわからないようだな」

「ああ、何を言われても俺は戻らないぜ」

「そうか。だが、俺も諦めが悪くてな。それにいつまでもこんなところで押し問答するほど気も長くない」

言い終わるより早く、石黒が拳を振り上げた。すんでのところで躱した岳斗もまた反撃する。だがその手は石黒に摑まれた。

殴られる。

そう思って全身を緊張させた岳斗だったが、痛みは襲ってこない。代わりに腕を強く引かれ、よろけてしまう。

「なっ」

「店に戻るぞ」

石黒は岳斗の腕を摑んだまま店に向かって歩き出した。岳斗は慌てて踏ん張ろうとするが、腕を引く石黒の力は強く、アスファルトを踏む素足に痛みが走る。それでも岳斗は構わず、執拗に抵抗を続けた。

「嫌だって言ってるだろ。この馬鹿、放せ」

「くっ。馬鹿はお前だろ。いつもいつも。俺に反抗ばかりしやがって。本当に強情な奴だな」

たびたび立ち止まる羽目になり、石黒の苛立ちも頂点に達したようだ。意地になって岳斗の腕を引き続ける。

そこにいつもの飄々とした姿はまるでない。岳斗を店に戻したい。罰を受けさせたくないという、強い意志と必死さが露になっている。

「何だ、石黒さんも兄さんが好きなんじゃないか」

ぼそりと呟かれた真冬の言葉は岳斗たちには届かなかった。真冬の顔は悲しげに歪む。

しかし岳斗を捉えたその視線は親愛の笑みに変わると、すぐにまた小生意気なものになった。

「でも、僕は諦めないから。人のものだったら奪うだけだよ。ねぇ、石黒さん。もう兄さんなんて放っておきましょうよ。石黒さんの相手なら僕がしますから」

真冬はいつまでも引き合いを続ける二人を止めようと門を出た。

しかしその時、真冬は少し離れた路地に隠れた人影に気づく。黒い服を着て目深く帽子を被った比較的若い男だ。

怪しげなその様子に目を凝らした真冬は、次の瞬間凍り付いた。男の手には銃が握られていたのだ。しかもその銃口は石黒の背中に向けられている。

真冬は恐怖に固まり声を上げることができない。

そんな真冬の異変に気づいたのは岳斗だった。

「真冬？」

一瞬力を弛めたため石黒に手を引かれながら真冬の視線を追った岳斗もまたはっとする。考えるより早く体が動いた。

「石黒！」

岳斗が石黒を押しやり背に庇うのとほぼ同時に銃声が響いた。岳斗の上腕に激痛が走る。

「ぐっ」

痛みに一瞬目眩を覚えながら、岳斗は腕を押さえてその場に膝をついた。弾かれたように岳斗を見た石黒は、腕から流れ出す赤い血に目を吊り上げる。

「貴様！」

修羅《しゅら》のごとき形相で、石黒は路地に隠れていた男に向かって走り出した。

男は藤原会と最近いざこざを起こしている組が放ったヒットマンだった。

「組長、駄目です！」

銃声を聞きつけ、店の裏口から飛び出してきた石黒の部下は止めようとしたが聞く耳を持たない。いや逆上した石黒には届かなかった。

「いい度胸してるじゃねぇか。覚悟はできてるんだろうな」

男は叫び声を上げながら更に数発、石黒にめがけて発砲する。石黒は避けようともしない。だが、銃弾は石黒を掠めもしなかった。業火のごときオーラを纏った石黒の迫力に呑まれ、男は狙いを定めることができなかったのだ。

弾切れになり男は逃げようとするが、石黒は許さない。その胸倉を鷲摑《わしづか》むと拳を振り下ろした。

「このカスが。俺のオンナに傷つけやがって」

何度も何度も、石黒の硬い拳が、重い蹴りが、男の顔や体を痛めつける。その猛攻に男はすぐさま悲鳴を上げ、助けを請うた。

それにもかかわらず石黒は手を止めない。執拗なそれに歯や鼻は折れ、男の顔は既に変形していた。自ら立つことはできず、石黒は倒れた体を引き上げ殴り続けている。

返り血を浴びてうっすらと笑みを浮かべる様は狂気じみ、異様としか言いようがない。

真冬はもちろん石黒の部下も恐怖に凍り付いている。彼らが石黒を止める気配はなかった。近づけばその怒りが自分たちに向くことを悟っているのだろう。

だが岳斗はその光景に、石黒の怒りがヒットマンだけでなく石黒自身に向けられているのを感じ取っていた。

石黒は自分が狙われているのを知っていたにもかかわらず、隙を見せ、岳斗を巻き込み傷つけてしまった自分が許せなかったのだ。

そんな石黒の後悔や苦しみが岳斗には痛いほど伝わってきて……。

岳斗は腕の痛みも忘れて、石黒へ向かった。部下が止めるが、岳斗は拒否する。

石黒の隣に立つと、岳斗は振り上げられた拳を摑んだ。拳を濡《ぬ》らす返り血が滴り岳斗の頬を汚したが気にならない。

「放せ」

険しい石黒の視線が岳斗に下ろされた。総毛立つような目だ。

だが岳斗はまったく怖くはない。

どうして怖いと思えるだろう。石黒の怒りはすべて岳斗への愛情の裏返しなのだ。岳斗が怪我《けが》をしたから石黒はキレた。それだけ岳斗を大事に思っているということだ。

『俺のオンナ』

はっきりと言い放ったその言葉が、声が、耳に残っている。何よりも嬉しい言葉だ。

「放せと言うのが聞こえないのか」

「馬鹿、これ以上やると死ぬって」

「それがどうした」

「どうしたって……。お前が捕まったら藤原会はもちろん、雨水会や真冬はどうするんだよ。それに、俺もまた唯一の客がいなくなるし」

石黒は目を見開いた。その瞳にもはや狂気はない。

石黒は何も言わずヒットマンの胸倉を放し、振り上げていた拳を下ろした。

岳斗は摑んだままの、血に濡れた手を少し持ち上げるとそっと唇づける。

「ありがとな」

「先に言うな。馬鹿が」

呆れたように言いながらも、石黒は自由になる手で岳斗を強く抱きしめた。強く、強く、呼吸ができないほどだ。

「すまなかった」

微かに聞こえた石黒の呟きは酷くはかなげだった。岳斗は傷ついた腕をそっと石黒の背中に回す。そして久しぶりに嗅《か》いだ石黒の香りを胸一杯に吸い込んだ。

たった一週間近く触れ合わないだけでこんなに懐かしく感じられるなんて。それだけ心も体もずっと石黒を待っていたのだ。このまま意識もすべて石黒と溶け合いたい、そう思えてならない。

しかし、岳斗は不意に聞こえてきた真冬の声に現実に引き戻される。

「あ〜あ、何か幻滅」

ぎくりとした岳斗はすぐに石黒から離れようとした。だが石黒は抱き締める腕を弛めない。片手にもかかわらず凄い力だ。放さないという強い独占欲が感じられる。

「ちょっ、石黒。放せって」

真冬の手前、離れなければと焦るが、抵抗する岳斗の力は弱々しかった。

しかし、真冬は今までのように嫉妬を表すのではなく、冷めた目を岳斗たちに向ける。

「僕さ、喧嘩とかそういう野蛮なこと嫌いなんだよね。石黒さんてもっとスマートに裏社会を生きてる人かと思ってたんだけどな。僕の好みとちょっと違うんだよね。何かもういいかなって思うんだ」

「えっ、いいかなって……真冬？」

「簡単に言うと好きじゃなくなったってこと。だから僕、店で働くのやめるよ。客の顔も少し覚えたし、名簿も盗み見て名前は記憶したからもう十分かなって。じゃあ、そういうことだから」

あっけらかんと告げられたセリフに、岳斗は唖然《あぜん》とした。だが、踵《きびす》を返した瞬間微かに垣間見えた悲しげな顔に、真冬の真意を知る。

真冬は岳斗と石黒が愛し合っていることを知ったのだ。そして銃撃事件で二人の思いの深さを目の当たりにし、敵わないと悟って身を引いた。ここでいつまでも石黒にしがみつくのも、岳斗に石黒を譲られるのも、真冬のプライドが許さなかったに違いない。その変わり身の早さは真冬らしい。

しかし真冬もロボットではない。つらくないはずがない。石黒への思いが本気であったなら尚更だろう。

それを思うと胸が痛み、岳斗は真冬の背中が完全に消えるまで目が離せなかった。

石黒が強く岳斗の肩を抱き直す。岳斗の胸の痛みを少しでも和らげるように。

「石黒」

「俺たちも中に入るか。そろそろ周りが騒がしくなる」

「そうだな」

岳斗が頷くのを確認し、石黒は部下へ指示を始めた。気絶したヒットマンの移動と、これから駆けつけるであろう警察への対応だ。

手に負えないようなら俺を呼べと言い残し、石黒は岳斗の肩を抱いたまま店へ戻る。そして、定位置に座ると石黒自ら救急箱を出し、岳斗に隣に座るよう要求した。

岳斗もおとなしく腰を下ろす。

緋襦袢の袖をまくり上げ、石黒に腕を差し出した岳斗は、処置を受けながらクスッと笑みを漏らした。

「これじゃあ、あの時と反対だな」

「そうだな」

すぐに翼を助けた時のことだと思い当たったようだ。頷いた石黒の顔は穏やかだった。岳斗もその顔を見てますます心が温かくなる。

あの時は石黒の雄々しさや不器用さ、それに普通な面を垣間見て、正体不明だった男に初めて触れた、そんな気がした。突然膝枕をさせられたのには驚いたが、その時感じたくすぐったさは今もしっかり覚えている。まさかこんなに心を奪われてしまうとは思ってもいなかったが……。

「終わったぞ」

石黒の声に岳斗は思考を断ち切られた。

腕には岳斗が石黒にした時よりも綺麗に包帯が巻かれている。

「何だ、器用なんだな」

「まぁ、こんな商売だしな。もっとも今じゃやることもなくなったが。でも指先の器用さには自信があるぞ」

「へぇ、何か意外。もしかして変わった趣味があるとか？」

「趣味っていえば趣味みたいなもんか。こうやってしょっちゅう動かしてるからな。女や男を喘《あえ》がせるために」

「なっ」

指をいやらしく動かし、にやつく石黒に岳斗は絶句した。そしてあぐらを組んでいた足を崩し、石黒の腹に蹴りを入れる。

「やっぱり最低男だ」

「お前だってこの指が好きだろ？　いつも喘ぎまくってるもんな」

「だから動かすなって！」

何度も何度も岳斗は石黒の腹を蹴った。と言ってももちろん本気ではない。軽く触れる程度だ。だが、その足が滑って下にずれる。触れた熱い感触に岳斗はビクリと体を震わせた。石黒の股間に当たってしまったのだ。それを石黒が見逃すわけがない。

「何だ、誘ってたのか」

違う。

これまでの岳斗ならそう言っていただろう。だが岳斗は喉まで出かかったその言葉を呑み込んだ。そして今度はわざと石黒の股間に足で触れる。

「そうかもな。だって、こんな半勃《だ》ちにされたらさ」

クイクイと岳斗は足先や足裏でそこを弄り始めた。

既に半勃ちだったそれは岳斗が触れるたびに、硬く膨らんでいく。涼しい顔をしているが、石黒が感じているのは明らかだった。

「ったく、なかなか優秀なオンナだな、お前は」

弄っていた足を強く引かれ、岳斗は背中からその場に倒れ込んだ。

起き上がる間もなく、覆い被さってきた石黒に唇を塞がれる。

「んっ」

微かに開いた唇の隙間から、石黒の生温《なまぬる》い舌が忍び込んできた。それは傍若無人に岳斗の口腔《こうこう》をまさぐる。

「んっ……ふっ……んっ……んんっ……」

激しいキスだ。息をするのもままならない。舌と舌が絡み合い、交わった唾液《だえき》は飲み込めずに口角から溢《あふ》れ出てしまう。息苦しさに目眩すら感じた。

初めてのキスがこんな野獣のようなものだなんて……。と、岳斗は心の中で苦笑する。しかし、凄く幸せだった。息苦しさも、淫らな水音も、感じる石黒の重みも、全身が痺れてしまうほど気持ちよくてたまらない。

「はっ……んっ、んんっ」

もっとして。

そうねだるように岳斗は石黒の首に腕を回した。足もいやらしく石黒の腰に絡める。触れ合った瞬間二人の股間はビクリと息づき、また硬さを増した。

石黒はわざと己の肉棒を岳斗のそれに擦りつけ、キスを貪《むさぼ》る。

「んっ、ふっ、んっ、んんっ……はっ………はあっ、あぁんっ！」

唇を離されたとたん、あられもない岳斗の嬌声が部屋に響いた。

同じ感じている声だというのにこれまでのそれと甘さがまるで違う。石黒を渇望している声だ。それが自分でもわかるため岳斗は恥ずかしさに顔を背ける。

だが口元を石黒の唾液で光らせ、大きく胸や足を開き、汁を滴らせた股間を勃起させるその姿には壮絶な色気が漂っていた。

上体を少し起こした石黒は熱い息を吐き出し、ククッと喉の奥を震わせる。

「むしゃぶりつきたくなるような体しやがって。お前、よく今まで俺以外に買われなかったな。ここの客の目はよっぽど節穴らしい」

「何だ。買われて欲しかったのか」

「初めはな。当然だろ？　でないと金にならない。だが、今は……」

「んっ」

石黒が股間でそそり立つ岳斗の肉棒を摑んだ。そしてそれをゆるゆると扱《しご》きながら、音を立てて岳斗の首筋に吸い付く。

「俺だけのものだ」

「はっ……あぁっ……」

湧き上がってくる快感に、岳斗はたまらず全身を震わせた。その高揚に合わせ、石黒の指の動きが速くなる。その巧みな指に逆らうことなんてできない。

「あっ…やっ……だっ……あんまり……速くするな……もたない」

「ゆっくりしても、もったためしがないだろ。お前は」

「うるさい…な……」

岳斗は石黒を睨んだが、快感に潤んだ目では意味をなさなかった。赤い鬱血《うっけつ》を残して唇を離した石黒は忍び笑いながら、生温い舌を岳斗の胸までねっとりと這《は》わせる。

その舌が岳斗の胸の傷に触れた。日本刀で石黒が傷つけたものだ。

「少し跡が残ったな」

「んっ……ああ……でもいい。すぐに…消えるし……それに、あんたが残した傷だから。俺…お前が……好きなんだ。んっ……ずっと…言えなかったけど……好きなんだ」

石黒は一瞬目を大きくした。まさか岳斗が自分から口にするとは思わなかったらしい。

目元を弛ませ、石黒が口に弧を描く。

「おいおい、先に言うなと言っただろうが。少しは俺に格好つけさせろ」

「んっ」

むしゃぶりつくように石黒は再び岳斗の唇を塞いだ。

激しく舌と吐息を絡め合い、息をするのも忘れてお互いを貪り合う。先程のキスよりももっと野性的なキスだ。その間も岳斗の性器を弄る石黒の指はその動きをやめなくて……。

「んっ、んっ、ふっ、はっ。んっ、んんんっ――――っ！」

唇を重ねたまま岳斗は欲望を吐き出した。ドクドクと流れ出るそれが石黒の手に吸い込まれる。

「随分出たな。俺に抱かれるのを想像して一人でしなかったのか？　ん？」

「そういうお前はどうなんだよ」

「俺か？　俺は……。どうだと思う？」

石黒は不敵な笑みを浮かべ、汚れた指に舌を這わせた。エロティックなその光景に、イッたばかりだというのに岳斗の股間が息づく。

好色家の石黒にそれを聞くほど岳斗は愚かではない。だが、その男、もしくは女は石黒にどんな快感を与えていたのか、そして石黒はどれだけ感じていたのか。そう思うと、無性に嫉妬してしまう。以前なら石黒が誰と寝ようが平気だったのに……。

「待って」

岳斗の制止に、石黒の片眉が微かに吊り上がった。石黒は岳斗の放ったもので己の肉棒を濡らし、大きく開かせた岳斗の足を肩に担ごうとしていたのだ。

「何だ。答えなかった逆襲か？」

「違う」

「だったらさっさとヤらせろ」

「んっ」

クチュッと熱い先端に乾いた蕾を割られ、岳斗は身震いした。

このまま入れて欲しい。

そう願わなくもなかったが、岳斗は快感に震える唇を開く。

「ちょっと待てって。俺もお前にしたいんだ」

お前のを舐めたい。

視線を逸らしながら小声で告げた言葉は、石黒にしっかり聞こえていた。石黒の目がとたんにギラつく。

「ククッ。お前も成長したもんだ。いいぜ、ほら、遠慮なくしゃぶれ」

片膝を立て、石黒は己の股間を豪快に晒した。支えがいらないほど怒張した石黒の肉棒を目にし、岳斗は再び体の奥が疼くのを感じる。何度も見ているのに困ったものだ。

だが「これが自分の中に入る」と改めて思うと、記憶に残る、狂うほどの熱が蘇り体が火照《ほて》って仕方がなかった。萎えていた岳斗の性器もまた鎌首《かまくび》を擡《もた》げる。

早く、早くと欲情した体がその熱を求めていた。

着崩れてほとんど用をなしていない襦袢もそのままに、起き上がった岳斗は四つん這いになって石黒に近寄る。

しかしその股間に顔を埋めようとした時、石黒に顎を摑まれた。

「物欲しそうなエロい顔しやがって。しかも俺のマラを見ただけでまた勃起させたのか？」

「からかうな。舐めていいんだろ。早くさせろ」

「ああいいぞ。ただし俺もするけどな」

ニヤリとした石黒は岳斗に、布団に横になるよう指示した。しかし、何をしようとしているのか悟った岳斗は逆に石黒を押し倒す。そして横たわった石黒の顔に尻を向けてその体を跨いだ。

石黒が目を輝かす。

「おい、いいのか？　腕痛いだろ」

「いい。このほうがやりやすい」

腕が痛くないと言ったら嘘になる。だが、それよりも、石黒を愛撫したくて我慢できなかった。

岳斗は躊躇うことなく石黒のペニスを己の唇で包む。

「ふっ……んっ」

熱くて、硬い。

唇が触れた瞬間、ドクンと力強く鼓動した石黒の肉棒に、体の疼《うず》きが酷くなった。石黒から伝わる熱に犯されているみたいだ。

「はっ……んっ………んんっ…」

さすがにすべてを包むことはできなかったが、岳斗は喉の奥まで石黒を咥え込み、ゆるゆると愛撫し始める。

何度も何度も唇で扱いては、舌で根元を嬲《なぶ》る。

石黒の肉棒は雄々しく脈打ち、更に膨らみを増して岳斗の口腔を占領した。チュッと音を立てて先端を吸うと、苦いものが口に広がる。石黒が感じている証拠だ。

それが心地よく、そして岳斗自身もどうしようもないほど高ぶってしまう。

体を蝕《むしば》むそれに自然と腰も揺れてしまい……。

「んっ、んんっ！」

ゾクンッと体に走った快感に、岳斗は全身を震わせた。石黒が岳斗の尻の蕾に指を挿入したのだ。クチクチと微かな水音が岳斗の耳を刺激する。

「んっ……んっ。やっ、あっ……あぁっ……駄目だって」

根元まで埋めたかと思うと、右に左に意地悪く指を動かされ、岳斗はたまらず石黒の肉棒を吐き出してしまった。

「そんなに…されたら……できないだろ……」

「そうか？　それは悪かったな」

まったくそう思ってない口調で言われても説得力はゼロだ。それどころか、石黒は更に執拗に岳斗の性感帯を嬲り始める。

「ひっ、やっ、そこっ、いやっ」

必然的に石黒の股間で悶える岳斗の頬を、雄々しい肉棒が何度も打った。

ペチペチとそのいやらしい音は二人を欲情させ、石黒は更に強く指の腹を岳斗の柔らかい壁に擦りつける。

「何が『いやっ』だ。ここはお前の好きなところだろ。ほらみろ。凄い吸い付きだ。俺の指を咥えて放さない」

「やっ、もうっ、いやだって、言ってるのに、あっ、もう……」

「ん？　もうなんだ？」

「もうっ、イく、イくから、指で……弄ったら」

「馬鹿だな。イカせたいから弄ってるんだろうが。お前がイクところを後ろから見せてみろ。玉を震わせて果てる様をな」

「やっ……ぱり、変態……だ、あっ、あっ、あ、あぁぁぁ――――っ！」

「くっ、お前なぁ」

ゾクゾクッと湧き上がってくる快感に耐えきれず、岳斗は石黒のペニスを握りながら再び白濁を噴き上げてしまった。

岳斗の欲望の飛沫《しぶき》は遠慮なく石黒の腹を汚す。

短時間で二度の射精に体力を使い果たした岳斗は、腰を上げた状態で石黒の上に突っ伏した。

「ったく」

ようやく弛んだ岳斗の指に、石黒は体を起こし熱い息を吐き出す。そして岳斗の体を仰向けに寝かせると、その両足を大きく開き抱え込んだ。

覆い被さってきた石黒は酷く欲情していた。岳斗の尻の窄まりに触れる石黒の性器もいつも以上に熱い。

「わざとやりやがって」

「んっ、あっ、あぁあっ！」

岳斗の言葉を待たず、石黒は自身の熱い棒で潤んだ蕾を貫いた。一気に奥を突いたそれは、余裕なく出たり入ったりを繰り返す。

いくら煽ったとはいえ、その性急さは石黒らしくない。

快感に身悶えながら、岳斗は先程はぐらかされた問いを思い出した。

「もしかして……して……なかった…のか？　んぁあっ！」

口に出したとたん、石黒に激しく突き上げられた。だがそれは岳斗の言葉を肯定しているも同然だ。

岳斗は快感に目を潤ませながら、石黒を見つめる。石黒はフッと穏やかな笑みを浮かべた。

「もう忘れたのか？　他を抱く気にならないと言っただろ」

「それって……」

覚えている。真冬が働きたいと深夜に突然訪ねてきた時のことだ。部屋に呼んでいいと石黒に言われたが渋っていると、からかうように言われた。

「やりすぎて……じゃなかったのか？」

「あの時はそう思っていたが、どうやら違ったみたいだ。お前を弟の前で犯した後、お前を好きだという自分の気持ちに気づいてからは、他の奴を進んで抱きたいとは思わなくなった。まぁ、抱きたくなくても勃起させるぐらいはできるけどな」

あの石黒が?

信じられなかった。だが「抱かなかった」という真冬の言葉を思い出せば納得できる。

「だから……真冬も?」

岳斗は息も絶え絶えになりながら、汗が滲む石黒の首に腕を回した。石黒が色っぽい顔で頷き、腰の動きを止める。

「あいつは特別だ。お前の弟だからな。俺に抱いて欲しくなかったんだろ?」

「何で……それを……」

「お前が言ったんだろうが」

「俺が?」

「ああ。俺に組み敷かれて、弟は俺が好きだからと言いながらな。お前の目はやめて欲しいと訴えていた。だから何をされようが相手にもしなかった。いつからだろうな、お前に捕まったのは。最初はただの暇つぶしだったのに、どんなにいたぶっても変わらないお前の瞳を見るのが楽しくて、気がついたらお前を側に置くのが一番心地よくなっていた。この俺が柄にもなくお前を喜ばせるために弟を呼んだりしてな。俺がだぞ? お前の弟に嫉妬したり、自分の気持ちがわからずお前を傷つけたり……。ったく、遊びすぎて本気の示し方すら忘れていた。おい、岳斗、この俺を本気にさせた責任は取ってもらうぞ。ただし、俺は俺だ。その気になれば、お前以外の男や女を抱くだろう。それでもいいならだがな」

岳斗以外の男や女を抱く。

それがつらくないと言ったら嘘になる。だが、石黒を、食えない好色家を好きになったのだから覚悟している。

「別に俺は構わないぜ。それがどうしたんだ。抱く必要があるなら抱けよ。そして、よぼよぼになって誰にも見向きされなくなった時、俺が責任を取ってやるからさ」

「……頼もしいな。それでこそ俺が選んだオンナだ」

「ぁんっ！」

再び石黒が腰を動かし始めた。岳斗の蕾で出入りを繰り返す石黒の肉棒は先程よりも大きさを増している。今にもはち切れそうなほどに硬く膨らんだ熱い滾《たぎ》りで激しく内壁を擦られ、岳斗は快感に悶えた。

「あっ……んっ……はっ……あっ……あぁっ……」

熱くて、苦しくて、でも気持ちよくて、たまらない。

「石…黒……もっ…と……もっと……して」

腕を絡ませた首を引き寄せると、石黒の肉棒が更に膨らみを増した。そして律動も速くなる。

「いいぜ、もっと欲しいんだろ。好きなだけ突いてやる」

「んっ……はぁっ……ぁっ……あっ、あぁぁっ！」

容赦ない石黒に、岳斗はたまらず仰け反った。

硬くなった先端の笠で最奥を突かれるたび、痺れるような快感が全身を貫く。

何度も何度も擦られる岳斗の尻の花弁は濃いピンク色に染まり、クチュクチュと淫らな水音を立て続けていた。もう二回果てている岳斗の肉棒も、触れられていないにもかかわらず、勃起している。その先端からは止めどなく蜜が溢れ、滴り落ちている始末だ。

「いいっ……凄く…んっ……よすぎ……」

気持ちよすぎて、どうにかなりそうだ。

もう限界が近い。

だがそれは岳斗だけではなかった。石黒も額に汗をうっすら滲ませ、息を乱している。

「どうした。もうイキたいのか。マラがビクビクしてるぞ」

「お前もっ…だろ……んっ…こんなにデカク…して……あそこ…が…裂けそう……だっ……」

「裂けるかよ。こんなにトロトロに柔らかくしやがって。おかげでこっちは今すぐにでも持っていかれそうだが」

「はっ、あっ、あぁぁっ！」

こんなに乱れている石黒は初めてだった。

それが妙に色っぽくて、嬉しくて。岳斗は更に感じ、欲情に酔いしれていく。

頭が真っ白になって、ただ石黒を深くまで受け入れるために腰を絡ませ、淫らにくねらせるし

かできなくて……。

「あっ……あっ……あっ……もう……」

もう我慢の限界だった。

「んっ……もっ……石黒……もう……イク……も……あっ、あっ、あぁぁぁ――あっっっ！」

「くっ」

一段と深くまで突き上げられた瞬間、岳斗は蜜を迸《ほとばし》らせた。

ほどなくして、低い微かなくぐもった石黒の声と共に、熱い感触が岳斗の奥に広がる。石黒がイッたのだ。

まるで自身の愛情を込めるかのように最後の一滴まで白濁を岳斗の中に注ぎ、石黒は肉棒を抜き去った。すぐに閉じきれない秘孔からは、蜜が漏れ出す。

石黒はいつものように、布団で全身を投げ出した岳斗の隣に横たわって体を落ち着かせた。そして、近くに置いてある煙草と灰皿を引き寄せる。

肺に吸い込んだ紫煙を石黒が吐き出すと、部屋に煙草の香りが充満した。その匂《にお》いがとても懐かしくて、嬉しくて、岳斗は頬を弛める。

たとえ石黒が岳斗以外を抱いても、あれほど息を乱すことはないはずだ。こんなくつろいだ表情を見せることもない。

確証などどこにもないけど、岳斗はそう思う。いや、そうさせる。

「色目の使い方はマスターしたしな」

「ん？　何をマスターしたって？」

石黒が煙草を咥えたまま岳斗を覗き込んだ。

「何でもないよ」

不敵な笑みを浮かべた岳斗は石黒から煙草を奪う。そして上目遣いに石黒を見上げた。もちろん、足を石黒の体に絡めることも忘れない。

「俺、まだ足りないんだけど」

珍しく石黒が息を詰めた。岳斗のその色っぽさは稼ぎのいい男娼に匹敵するものだった。

やがて石黒はククッと声を出して笑い始める。

「これはとんだ誤算だな。いや、あの弟にしてこの兄ありってわけか。だがこれではお前をここには置いておけない。明日お前を水揚げするぞ」

「水揚げ？　俺、ここを出るのか？」

思いがけないセリフに岳斗は目を見開いた。

「当たり前だろ。このままじゃ間違いなく他の男に食われるだろうが」

「でも組への支払いの金は？」

「おいおい、俺を誰だと思ってるんだ。ちゃんと考えてある。もちろんお前には働いてもらうぞ。それもお前に、そして俺にとっても最善の仕事をな」

石黒の自信に満ちた声に、戸惑いと不安が消えていく。

店を出る。それは岳斗には願ってもないことだ。そして金を工面できる仕事があるなら何も文句を言うことはない。また石黒に頼ってしまうことが、少々難点ではあるが……。

「はっ……あっ、あぁぁっ！」

再び、石黒の肉棒が岳斗を貫く。

次第に速くなるその律動に誘われ、岳斗は快感の波に身を委ねた。

◇◆◇

ビジネス街の外れ、メインの通りから数本入った路地の並びにあるこぢんまりとした雑居ビルに、石黒が組長を務める藤原会の事務所がある。

午前中はとても日当たりがよいその部屋の、社長机の隣に特別に作られた席で、岳斗は今日も一人大きな溜息をついていた。原因は机の上に堆《うずたか》く積まれた参考書の山と、目の前の椅子《いす》に偉そうに座る石黒だ。

一週間前、石黒がヒットマンに狙われた次の日に、岳斗は約束どおり水揚げされた。

岳斗は元々借金があって入店したわけではない。店に貢献もしていなかったため、引田があっさり了承したのだ。脱走を図った前科もあって、引田はむしろ喜んでいるように見えた。

そして岳斗は今、自宅にいる。石黒は自分のマンションに連れて行くつもりだったようだが、岳斗は断固拒否した。

一緒に暮らしたくないわけではない。一分でも一緒にいたいと思っている。だが、このまま石黒に囲われるだけの生活は嫌だった。

素直に気持ちを話すと、石黒は納得してくれた。

そう岳斗は思っていたのだが、少し違ったらしい。

遊郭を出た岳斗は、石黒の事務所で見習いとして働き出した。石黒が言っていた最善の仕事とは、藤原会で働くことだったのだ。

父親の跡を継ぐ覚悟をしていた岳斗にとって、裏の世界で働くことにさほど抵抗はない。何より石黒の役に立てると思うと嬉しかった。

ただし雨水会と違い、藤原会は経済ヤクザだ。法の網をくぐり抜けて利益を上げるためにも政治経済、法律などあらゆる分野の情報に通じる必要がある。知識のない岳斗は猛勉強を強いられた。

その結果がこの参考書の山だ。

もちろんこれはすべて岳斗がこの事務所で働くために必要な知識ではあるが、その量が半端ではない。藤原会の傘下に入った雨水会の面々も事務所がある桜木家でやらされてはいるが、岳斗の四分の一にも満たなかった。

毎日一冊ずつ増えていく参考書が、岳斗には石黒の、愛ある嫌がらせに思えてならなくて……。

「同棲《どうせい》しなくても四六時中一緒だしアレも毎日ヤってるのに。サービスしたら問題集が減るわけないいな」

その気になれば岳斗以外の人間も抱くと言っていた石黒だったが、この一週間、毎日岳斗と愛を交わし合っている。

「ん？　何か言ったか？」

「何でもない」

耳聡《みみざと》く反応した石黒に、岳斗は何事もなかったかのように参考書へ視線を戻した。しかし、石黒はそんな岳斗の心の中を見透かしたように、にやりとし、解いている問題集を覗き込む。

「ここ違うぞ。使用貸借は無償あるいはその宅地の固定資産税以下ぐらいの、一般的な地代に比べ非常に安い地代で宅地を使用させている場合のことだ。賃貸借と違って、土地を借りてる奴はその土地についての権利を何も持ってない。そんなこともわからないのか」

「わっ、悪かったな。まだ勉強中なんだよ」

「さっさと覚えろ。法律や税金土地関係の知識は最低でも必要だからな。このぐらいこなさないと使いものにならないぞ」

お前には期待してるからな。

微かに呟かれたセリフに、岳斗は少し目を大きくした。そして「わかってるよ」と頬を弛める。

嫌がらせが期待の裏返し、そういうことだろう。

石黒が煙草に火をつけた。立ち上がっていく紫煙を見ながら、岳斗は口を開く。

「それにしてもお前がこんなに博学だったなんて知らなかった」

「今の裏社会の力は、力と言っても情報と知識だからな」

「じゃあ、組に入って覚えたのか？」

「ああ、といっても主にムショでだが。あそこは暇だし邪魔が入らないから集中できる。それに犯罪のプロが揃《そろ》ってるから新しいビジネスを考えるには最適の場所だ。だがお前は入るなよ。絶対に輪姦される。まぁ、そうなったら、俺がムショに入ってそいつらを皆殺しにすればいいだけだが」

「……心しとくよ」

ククッと楽しそうに喉を震わせる石黒が、岳斗には冗談を言っているようには聞こえなかった。

どっと疲れを感じて岳斗が肩を落としたその時、真冬の挨拶《あいさつ》が事務所に響く。

真冬も岳斗が水揚げされたその日に店を辞めた。岳斗とは違い、引田はかなりしつこく引き止めたが、真冬の意志は変わらなかった。結局、店のことは他言無用という条件で決着がついたのだ。今は大学に通いながら、よくこの事務所を訪れている。

だが、それは石黒に会うためではない。本人曰く、石黒への恋はもう完全に終わったそうだ。

岳斗に会いに来ているわけでもなかった。

真冬はこの事務所にあくどい商売のノウハウを学びに来ているのだ。しかも石黒によるとかなり筋がいいらしい。

薄々「弟は極道に向いているのかもしれない」と思っていた岳斗だが、生き生きとしているその姿を見るとやはり内心複雑だった。

「石黒さん、貰ってきたよ」

「ああ、悪いな」

真冬が差し出した書類を受け取る石黒に、岳斗は首を傾げた。それに気づいた真冬が頷く。

「ちょっと石黒さんに頼まれて、学校帰りに区役所にね」

「区役所?」

また何かカモを見つけたのだろうか?

そう思ったものの、岳斗は石黒が机の上に開いた書類を見て絶句する。それは婚姻届だった。

「お前、結婚するのか」

問いかける岳斗の声が震えた。握り締めた指が冷たい。だが、石黒は何でもないふうに言う。

「ああ、何か文句あるか?」

「……文句っていうか」

好きだと、愛してると言い合ったのはほんの一週間前のことだ。昨日も事務所から石黒のマンションに寄って、夜遅くまで求め合っていた。それなのに、舌の根も乾かぬうちにとはこのことだ。しかも結婚だなんて考えもしなかった。

だが石黒が本気で結婚を望む女性がいるなら、男である岳斗は何も言うことはできなくて…。

青くなってその場に固まる岳斗に、石黒は意地悪く唇の端を吊り上げる。

「ほらよ」

突然投げつけられた婚姻届に岳斗は困惑した。それには夫の欄に記入はしてあるものの、当然妻の部分は空白になっている。

「早くお前も書け」

「俺？」

「ああ、他に誰がいる。俺のオンナはお前だろ？」

思いがけない言葉に岳斗はもう一度石黒を見つめた。そして周囲を見回すと、真冬はもちろん藤原組の男たちもにやついている。

どうやら、嵌《は》められたらしい。だが、嫌な気分ではない。とても幸せな悪戯だと岳斗は思う。

「ねぇ、石黒さん。やっぱり引っかかったでしょう？」

「ああ、さすが兄弟だな」

「お前たち、みんな最低だな」

そう毒づきつつも岳斗の頬は少し赤らんでいた。そして、岳斗はぶっきらぼうに、妻の欄に名前を書き入れる。

石黒が部下に命じ、部屋の隅に立てかけられた日本刀を持って来させた。遊郭の岳斗の部屋に置かれていたあの日本刀だ。その扱いは相変わらずぞんざいだが、これが岳斗の花嫁道具ということになるのかもしれない。

石黒は鞘を少しだけ抜き、刃で己の親指の腹を傷つけた。岳斗もそれに倣う。

日本刀をテーブルに置き、指を書類に近づけようとした岳斗を、石黒が遮った。

「いいのか？　正式ではないにしろ、これを押せばお前は裏の住人になる。俺はそう扱うぞ」

「構わないぜ。お前がいる場所になら喜んで堕《お》ちてやる」

ふっと漏れた笑みが重なった。

二人同時に押された血が婚姻届を赤く染める。

この婚姻届が提出されることはない。法的にも社会的にも認められない関係だ。この紙一枚で関係が保たれる保証はどこにもなかった。

だが、それでも構わないと、岳斗は思う。

永遠を誓い合うこの一瞬が大事なのだから。

「社長。取り込み中すみません。米田《よねだ》の奴の息子を連れてきました」

「米田か。確か結構な額を踏み倒してたな。息子のランクは？」

「下の上。もしくは中の下ってところでして……」

「高く売れるぎりぎりだな。ＳＭなら何とかなるか。わかった、俺も同行する」

部下の報告に、石黒は椅子から立ち上がった。そこにはもう甘い雰囲気はない。

歩き出した石黒の背中に、岳斗は独り言のように声をかける。

「早く帰ってこいよ。今日からお前の家で待っててやるから。でないと浮気するぞ？」

岳斗が何を言っているのか悟ったのだろう。振り向いた石黒の横顔に笑みが浮かんだ。

石黒は鍵を岳斗に向かって投げる。

「ベッドで待ってろ」

力強いその言葉に内心苦笑しつつも、岳斗は了承の意味を示すため受け取った鍵を小さく振り返した。

あとがき

こんにちは。本庄咲貴《ほんじょうさき》です。このたびは『花廓《はなぐるわ》～凶刃《きょうじん》の閨《ねや》～』をお手に取っていただきありがとうございました。

一年ぶりにラヴァーズ文庫さんで書かせていただく作品ということで、いつも以上にエロく、かつ過激に攻めてみました。

遊郭を舞台にした、客のヤクザと男娼のお話はいかがだったでしょうか？

たびたび出る日本刀は、担当さんに「ヤクザなので日本刀を出してはどうですか？」とアドバイスをいただき、取り入れたものです。最初は彩り程度にと思っていたのですが、書き進めていくうちに石黒《いしぐろ》に乗り移られたのかだんだん乗ってしまい、Ｓモードで暴走しそうになる自分との戦いでした。もちろん、石黒同様、岳斗《たけと》への愛ゆえのＳモードですよ（笑）。銃刀法違反等々はファンタジーということでお許しください。

遊び人なくせに、だからこそ素直な自分の気持ちにすぐに気づけず岳斗を傷つけてしまう石黒と、兄として自分よりも弟の気持ちを優先させてしまう岳斗の、不器用な恋愛は書いていて楽しかったです。今後二人の関係は、より甘く、よりスリリングになっていくことでしょう。なんせ岳斗の嫁入り道具は日本刀ですから。また、一番の変貌を遂げるのは真冬《まふゆ》に間違いありません（笑）。

そんなキャラたちを國沢智《くにさわとも》先生が華麗に描いてくださいました。岳斗はすごく艶っぽく、石黒も男前で、とても素敵で感激しております。特に石黒はラフ画を拝見した時から激萌えです！

國沢先生、お忙しい中、本当にありがとうございました。そして、今回もまたご迷惑をおかけして申し訳ありませんでした。

担当のT様、いつもアドバイスをありがとうございます。いろいろとご迷惑ばかりおかけして本当に申し訳ありません。これからもどうかご指導の程、宜しくお願いいたします。

そして末筆となりましたが、ここまで読んでくださった皆様、本当にありがとうございました。エロ色の強い作品ではありますが、少しでも楽しんでいただけましたら、なによりの喜びです。

それでは皆様にお会いできたことに感謝しつつ、またお会いできることを願っております。

二〇〇九年　三月　本庄咲貴

Lovers GREED

花廓～凶刃の閨～

ラヴァーズ文庫をお買い上げいただきありがとうございます。
この作品を読んでのご意見・ご感想をお聞かせください。
あて先は下記の通りです。

〒102−0072
東京都千代田区飯田橋2-7-3
(株)竹書房　第五編集部
本庄咲貴先生係
國沢 智先生係

2009年5月2日
初版第1刷発行

●著　者
本庄咲貴 ©SAKI HONJOH
●イラスト
國沢 智 ©TOMO KUNISAWA

●発行者　牧村康正
●発行所　株式会社　竹書房
〒102−0072
東京都千代田区飯田橋2-7-3
電話　03(3264)1576(代表)
　　　03(3234)6245(編集部)
振替　00170-2-179210
●ホームページ
http://www.takeshobo.co.jp

●印刷所　株式会社テンプリント
●本文デザイン　Creative・Sano・Japan

ISBN 978-4-8124-3807-7　C 0193

ラヴァーズ文庫
GREED
Lovers GREED
蠱惑《こわく》の脅迫者《きょうはくしゃ》
男の支配は媚薬のように、
心と体を蝕んでゆく──……。
「お前に潜入捜査を命じる」
警視庁捜査一課に所属する雨宮塔也《あめみやとうや》は、初任務となる捜査を命じられた。
潜入するのは「アポロクラブ」。
その会員制の高級クラブに、ある政治家秘書の死が関係しているらしい。
身分を偽った塔也は、オーナーの東郷《とうごう》に勧められるまま、
媚薬入りのシャンパンを飲み干してしまった。
「刑事だろうと関係ない。ここの男娼になれ」
と、体を火照らす塔也に東郷は言い放った。
何故刑事だとバレたのか。
それに東郷の冷たい目に浮かぶ憎しみは?
塔也は売春組織・アポロクラブに囚われて…。
好評発売中!!
著 本庄咲貴《ほんじょうさき》
画 國沢智《くにさわとも》

ラヴァーズ文庫
GREED
Lovers GREED
この親子から
俺を解放してくれ――…。
デッドエンド
DEAD END
「親子で快楽を共有するなんて信じられない…」。
「それじゃあ、ふたりで君を共有させてもらおうか」。
平凡な生活を送っていた木《き》場《ば》恭《きょう》太《た》郎《ろう》は、友人の父親、
矢《や》嶋《しま》大《たい》樹《き》と出会ってから、その人生を大きく変えられてしまう。
巧みな手管によって、無理やり身体を奪われてしまったのだ。
しかもその現場を、友人の勇《ゆう》気《き》に見られ、絶望を味わうが、
それに反して勇気は、ふたりの淫らな関係に容易く加わってくる。
可憐で妖しい親子に囚われ、肉体の快楽に溺れる自分を、
恭太郎は嫌悪するのだが…。
好評発売中!!
著 桃《もも》さくら
画 音《お》子《こ》